亲爱的丫头,愿你理解社会,看懂现实,尽己之性,活出自我。

亲爱的丫头 3

了解中国文化,走好人生下一步

柯继铭 著

天地出版社 | TIANDI PRESS

图书在版编目（CIP）数据

亲爱的丫头.3 / 柯继铭著. — 成都：天地出版社，2024.3
ISBN 978-7-5455-8108-9

Ⅰ. ①亲… Ⅱ. ①柯… Ⅲ. ①散文集－中国－当代 Ⅳ. ①I267

中国国家版本CIP数据核字（2024）第007536号

QINAI DE YATOU 3
亲爱的丫头 3

出 品 人	杨 政
著 者	柯继铭
责任编辑	杨永龙　孙若琦
责任校对	马志侠
装帧设计	今亮後聲·核漫
责任印制	王学锋

出版发行	天地出版社
	（成都市锦江区三色路238号　邮政编码：610023）
	（北京市方庄芳群园3区3号　邮政编码：100078）
网　　址	http://www.tiandiph.com
电子邮箱	tianditg@163.com
经　　销	新华文轩出版传媒股份有限公司
印　　刷	河北鹏润印刷有限公司
版　　次	2024年3月第1版
印　　次	2024年3月第1次印刷
开　　本	880mm×1230mm　1/32
印　　张	8
字　　数	165千字
定　　价	49.00元
书　　号	ISBN 978-7-5455-8108-9

版权所有◆违者必究

咨询电话：（028）86361282（总编室）
购书热线：（010）67693207（营销中心）

如有印装错误，请与本社联系调换。

目 录

写在前面的话 / 001

第一章　闲话文化

没有人的精神相关联，不成其为文化 / 011
文化为生命注入意义 / 016
文化是一种自我展示 / 019
不食人间烟火的文化不是真文化 / 023
文化也分高下吗？ / 033

第二章　闲话文化惯性下的国人

扎堆式社交 / 041
"对不起"和"我错了" / 047
"面子"与"点子" / 053
"情"与"义" / 056
"命"与"运" / 060

"玉"与"月" / 063
直觉思维 / 067
"随便"的背后 / 075
"生"与"死" / 085

第 三 章　经世致用：文化凝聚的领悟

经世致用与实事求是 / 097
德比才更加重要 / 110
兼顾变与不变 / 128
讲求中庸之道就是追求总体效益最大化 / 137
看重宽厚包容 / 145
以"法"克服"人不如人"的问题 / 150
不知人无以任事 / 154
由谈论儒学反观自己 / 164

第 四 章　过渡时代的文化之思

用好重要的战略机遇期 / 177
认识世界永无止境 / 187
越包容越有生机 / 192

审视文化视野宜宽广 / 196
切忌"目中无人" / 201
以新的眼光审视"个人"和"集体" / 207
摆脱在"民主"问题上的无谓纠缠 / 211
廓清在"自由"问题上的认知迷雾 / 217
走出在"平等"问题上的思想误区 / 229
恰如其分地理解文化自信 / 236
让心态和认知回归平常 / 241

后记 / 245

写在前面的话

《亲爱的丫头》和《亲爱的丫头2：愿你在这世间安然行走》接续出版以来，不少读过两册小书的朋友曾问：丫头怎么样了？

感谢大家的关心，在这里跟各位简要说下丫头的近况。

丫头按部就班地步入高中生活后，早上7点出门，自己骑共享单车或坐公交车上学，晚上9点半左右，要么她妈，要么我，要么我们一起，在学校门口等她放学，一起骑共享单车或坐公交车回家。2019年10月家里添了新成员，一只被丫头取名柴逗的柴犬。每逢周五，丫头通常要求我们接她的时候带上柴逗。带着柴逗，就骑不了共享单车，也上不了公交车，只能打出租车。有些师傅不愿意搭载柴逗这个乘客，所以我们常常三人一狗一路步行回家。

像大多数高中生一样，丫头周末基本宅在家里，趴在一堆永远做不完的作业中，间或忙里偷闲在手机上玩玩游戏。不管多么忙碌多么紧张，她始终情绪稳定，很少表现出焦虑不安。

丫头对自己的事一向有主见。她对物理、化学敬而远之，对历史、地理充满热情，进入高中不久就拿定主意要学文科。高二正式分班，摆脱了物理、化学的困扰，她学习的信心大为增强。她总是固执地把大把的时间花在文科综合上面，并以能考高分为荣，而对数学和英语不怎么上心。我和她妈偶尔含蓄地提醒她在数学和英语上多花点精力，适当兼顾一下。不知道是她采纳了建议，还是时候到了自然就开窍了，高三下学期，她自己感觉突然掌握了学习数学和英语的方法。她向往着去北京、上海读书，但同时也说"反正保底就读你们川大"。不晓得她这份底气从何而来。

2021年5月，高考前夕，学校给高三毕业生办成人礼，要求家长给孩子写封信。

在给丫头的信里，我说：

> 仿佛一转眼，你就长大成人了！一路见证了你的成长，在你们高三学生正为进入理想的大学做最后冲刺的时候，我真想给你向往的大学写封信，郑重建议他们直接录取你。
>
> 虽然值得推荐的优点很多，但我觉得，陈述以下三点情况足够了。
>
> 第一，该同学小学六年、初中三年、高中三年，没有请过一次假，没有耽搁过一节课，12年时间保持了全勤。
>
> 第二，该同学初、高中6年，没有参加任何校外培训，没有进过任何课外辅导班。刚进高中时成绩在班上靠后，

现在排名在全校靠前。

第三，该同学为管理体重，长期坚持只吃早、午餐不吃晚餐，只吃正餐不吃零食，只喝白水不喝饮料，不管别人怎么大快朵颐，都能管住嘴不为所动，几年如一日严格自律。

我想，大凡有点识见的人都会赞同，即便是成年人，要做到这几点也很不容易。江山易改，禀性难移。为了某个目标，打破固有惯性，始终拒绝诱惑，最终重塑生活习惯，尤其难能可贵，这是绝大多数人做不到的！

2021年6月，四川的高考克服疫情影响如期举行。天公作美，那两天气温不高，丫头自己选择穿白色短袖加枣红色外披进考场。第一科语文考下来她心情大好，因为其他同学觉得有点云里雾里的一道题，她不久前刚好看过相关材料。数学考下来她又像捡了便宜似的欢喜，说有道题原本不会做，突然灵光一闪就解出来了。

6月23日，成绩揭晓，总分615分，各科成绩分别是：语文123分，数学121分，外语144分，文综227分。她自己觉得文综没有考好，而我们都没想到她的外语考了高分。她的总分正好与我的生日相合！

丫头填报志愿完全没有纠结。这是因为她能做的选择实在太有限了，或者说她的意向非常明确。她早就想好，不考虑经济类专业，不考虑管理类专业，不考虑政法类专业，不考虑语言类专业，只学文史哲专业。6月29日上传高考志愿表,本科第一批平行志愿她报了8所大学,其中7所学校的第一专业是历史学,另外有一所学校的第一专业选了考古学。

丫头喜欢摄影。填完高考志愿,她申请买了个尼康相机,背着新相机去了上海,一个人在上海、苏州、南京从7月4日逛到12日才回来。

7月23日本科第一批放榜,丫头考上了她所谓保底的四川大学历史文化学院,成为我的小学妹!

大约10年前,我曾经给丫头写过这样一段话:

我愿意你在年轻的时候,有机会离开从小生长的地方,离开我和老妈,去一个陌生的所在,独立生活。可以是读书,也可以是工作。地方最好远一些,远到我们彼此不能想见就见,时间最好不要太短,足以让你挣脱思念的煎熬,直到你真正发现并成长为你自己。

至少大学4年,她暂时无缘这样的生活了。也许冥冥中自有天意吧。

对这样一个结果,丫头虽然有点失落,但很快变得释然,并开始重新编织对大学生活的向往。她几次骑着共享单车,从我们家所在的金牛区,跑去绕城之外川大江安校区所在的双流区,在即将进入的校园周围打望,沿着江安河溜达,找到距离学校不远、可以近距离看飞机起降的空港体育公园，说那是带柴逗玩耍的一个好去处。

2021年9月2日，新生报到第一天，丫头自己坐地铁先去办入学手续，我和她妈稍晚把她的行李送过去，目送她带着行李，走进校门，走进朝气蓬勃的年轻人中。

当年我离开老家来成都读书，有过一段强烈地想家的经历。丫头这方面比我强。在我们小家庭三个人组建的微信群里不多的交流中，很少见她流露不适应学校生活的情绪。这或许是因为她从小就自律，懂得管理自己的情绪。

大一上学期，她回来过了国庆节，之后到放寒假就回过两三次。到大一下学期，除有几次被要求回来参加大家庭的聚会，丫头大约一个多月回家一次，回家主要为了取快递。不明白为啥，她虽然人去了学校，但还是习惯性地把网购的东西寄到家里，时不时叮嘱我们帮她取各种快递，成了小家庭微信群交流最频繁的内容。

从回家来的言谈举止中不难感到，随着时间流逝，丫头正愉快地融入新的学习生活环境。她自己说：如果高考成绩多两三分，应该就能去北京、上海，但多半要调配专业，虽然没有去成北京、上海，但读了自己喜欢的专业也是很好的。做人不能太执拗，我打心底为她有这种到哪个山头唱哪首歌的态度高兴。兴趣最能调动激发人的潜能，大学一年级结束，丫头专业成绩排全年级第三。不仅如此，通过一年时间找感觉，她决定在大二分科时选读考古学。

这个决定与我对她的预想有出入。这倒不是因为我读了历史学，所以希望她也读历史学，主要是顾忌相关的教学和研究机构不多，读考古学以后从事专业工作的机会有限，相比之下读历史学可选择的从业范围则宽泛得多。但丫头自己说，单纯面对一堆文献资料，没有可以看得见、摸得着的实物，总觉得思想无所凭借。这是经过了思考的由衷之言。人各有造化，人家自己都想得这样清楚了，我们没有理由不尊重她的选择。

两相比较，我当年服从专业调配读历史学相当于"先结婚后恋爱"，丫头现在选择读考古学相当于"自由恋爱"。

丫头是个行动派。刚刚过去的这个暑假，她自己主动联系，跟着学院老师和一帮师兄师姐一起去青海省海南藏族自治州兴海县河卡镇羊曲村，参加了两个多月的考古实践。我在地图上查看发现，她去的那个地方，在青海湖以南的黄河边上。2023年7月24日，星期天，她一大早启程去青海。当时还是夏天，正是成都一年中最热的时候，到10月7日深夜返程，已然秋天了。

那个亲爱的丫头，她已经在大学这个新的起点上把自己安顿下来，朝着选定的方向，走入一个更广大的天地，建设自己的现实生活和精神世界，加速成长为她应有的样子。

我想，是时候比较正式地跟丫头聊一些新的话题了。希望以此引导她能够认真地去思考：中国人究竟是怎样一类人，中国社会究竟是怎样一个社会，中国文化究竟是怎样一种文化，历史、传统和文化究竟如何塑造了我们这些人和我们这个社会，我们这些人和我们这个社会在时代的更替中究竟会有怎样的变与不变？置身在此一社会，生而为此一种人，哪些是我们与生俱来的天赋、可堪凭借的优长，哪些是有待补足的弱项、需要警惕的陷阱；哪些是我们必须坚守的准则、安守的本分，哪些是应该破除的束缚、挣脱的藩篱；哪些是我们无法超越的宿命、注定承受的苦楚，哪些是不可推卸的责任、值得拥有的追求？

更希望她能够基于这些思考，从历史和传统的层面出发，从思想和文化的层面出发，从现实和学理相结合的层面出发，树立并夯实自己的世界观、人生观、价值观，从被动接受的状态变到主动选择的状态，让它们在内心落地生根、开花结果，由此确立立身处世、安身立命的根本，在此基础上，不仅个人真正做到在有所为和有所不为之间厘清边界，而且真正理解一个社会在有所为和有所不为之间应有的选择取舍，从而实现最大程度的尽己之性。

现在，我把想跟丫头讨论的问题和自己围绕这些问题所做的学习思考梳理出来，辑为一册。尽管所关涉的内容和相应的表达方式不同于之前的两册小书，但我还是不由自主地沿用了《亲爱的丫头》这个书名。

这算是跟丫头讲的中国文化课吧。推己及人，非常期待与她同龄的年轻朋友一起交流分享。

第一章 闲话文化

在我小时候生活的农村，多数人大字不识，能够识文断字就称为"有文化"。我父母是老师，在人们眼里是当之无愧的文化人。从小学到大学，从一名学生的角度看来，书读得多、懂得的道理多、对各种问题有自己的见解就是有文化，发表文章、著书立说那更是有文化。在组织部门工作那些年，文化很多时候被理解为知识分子、专家学者所从事的工作。到宣传部门工作后，一说到文化，马上想到的是归宣传部管理和联系的那些事情。再后来，随着文化产业兴起，吃的穿的用的耍的都成了文化，反而难得细想何谓文化了。

要给文化下定义非常困难，但如果对这个概念没有大致的界定，那么文化建设该从何下手、如何来做都很可能成为糊涂账。

没有人的精神相关联，
不成其为文化

何谓文化？从广义上讲，文化是人满足自身生存和生活需要的方式，是一个群体通行的生存智慧和普遍的生活状态。

这个话怎么理解呢？拿"吃"来说吧。为了维持生命，人必须不断从自然界获取食物，摄入身体所需要的营养。口腹之欲，是人最基本的需求和欲望，本身够不上文化。但是，围绕着如何获取食物，包括采集或者渔猎、游牧或者刀耕火种，或者人工作业或者借助机械等；如何加工食物，包括生吃或者熟食，蒸煮还是煎炒、炸烧或者烘烤以及怎样搭配辅料、添加哪些佐料，口味清淡或者浓郁、麻辣或者酸甜等；以及如何保存食物，包括晒干或者风干、冷冻或者烟熏、盐腌或者糖渍等；如何享用食物，包括直接用手或者用筷子或者用刀叉、站着吃或者跪着吃或者坐着吃、分餐或者桌餐以及通常在什么环境就餐、在什么时间点开餐、座次怎样排列、进餐有哪些讲究等，古今中外的人，采取了不同的解决方式，创造了不同的工具器物，积累了不同的技术技巧，养成了不同的风俗习惯，由此发展出不同的文化。

"饮食"之事如此，"男女"之事亦然。追逐异性是人的本能，这够不上文化。但是，围绕着如何选择对象，比如要不要看长相、以胖为美还是以瘦为美，要不要看家庭、讲不讲门当户对，有没有年龄、学历、收入、性格方面的要求等；具体如何去追，比如是不是男方应该主动而女方可以矜持、要不要通过中间人说和、要不要事先征得父母的同意、男生通常怎样向女生表白、要不要送玫瑰花或巧克力等；对上眼后如何恋爱，比如是不是把结婚作为两个人相处的目标、可不可以有婚前性行为、可不可以未婚同居、可不可以交往其他的异性等；决定在一起后如何缔结婚姻，比如两个人决定结婚前双方父母要不要见面、需不需要男方到女方家提亲、提亲要不要下聘礼、婚礼通常如何操办、是不是也接受男生入赘到女方家等；结婚以后如何过日子，比如要不要自立门户、与各自的父母和兄弟姊妹如何相处、家庭责任怎么分担、女性要不要工作、男人要不要做家务、是不是重男轻女、是一夫一妻还是一夫多妻还是一夫一妻多妾等，不同国家、民族、地域的人，在不同的历史阶段，发展形成了各自处理恋爱、婚姻、家庭问题的观念、态度和做法，由此发展出不同的文化。

再比如，人需要遮羞保暖，这够不上文化，但是如何穿衣服，穿长衫还是短褂、穿对襟衣服还是中山装、穿旗袍还是裙子、穿西服还是和服，体现出不同的文化特色。

人需要遮风避雨，这够不上文化，但是围绕如何建房子，比如建筑式样如何，中式建筑还是西式建筑，哥特式建筑还是巴洛克式建筑，建筑方式体现出不同的文化特色。

人希望出行方便、运输省力，这够不上文化，但如何实现方便和省力，是骑马还是驾雪橇，乘船还是坐车，体现出不同的文化特色。

再比如，人需要沟通交流，这够不上文化，但如何实现沟通交流，是讲希腊语还是拉丁语，英语还是汉语，法语还是德语，有没有在使用语言的基础上发明文字，遣词造句有哪些讲究，采用什么样的书写工具，体现出不同的文化特色。

人为了自我安慰和激励而需要精神崇奉，这够不上文化，但是如何实现安慰和激励，崇奉自然或者人力，崇奉耶稣基督还是释迦牟尼，崇奉祖先或者英雄，崇奉成功人士还是道德楷模，或者除了自己什么都不崇奉，体现出不同的文化特色。

再比如，群居是人的天性，这够不上文化，但是如何把无数的个体、大大小小的群体组织成有序运转的社会，如何确定人与人之间的相处之道，建立什么样的道德规范，主张个人主义还是集体主义，提倡什么反对什么，实行怎样的制度，体现了不同的文化特色。

总之，所谓文化，就是投入了人的精神意识，体现了人的主观能动性，并具有群体效应的行为活动及其产物。

第一章　闲话文化　　013

没有人的精神意识发挥作用，不成其为文化。宇宙中生生灭灭的一切事物，在与人的精神意识发生关联之前，算不上文化；只有在与人的精神意识发生关联之后，才被赋予文化的内涵。

天上的星辰不是文化，人在观察它们的过程中发展出观星术，则成为一种文化；山间的野花野草不是文化，人赞叹野花野草之美，产生"发而幽香"等感悟，进而积累形成花卉鉴赏的诸多经验，发展出侍弄花草的各种方法，则成为一种文化；河滩的石头不是文化，人把石头捡回来加以雕琢打磨，当作摆设陈列起来，则成为一种文化。

没有社会成员的普遍认可、广泛参与和共同分享，不成其为文化。单丝不成线，独木不成林。一个人想什么做什么，如果只有自己这么想这么做，那算不上文化。只有"我们""你们""他们"的文化，没有"你""我""他"的文化。与"文化"一词相匹配的人称代词，只能是复数而不可能是单数。一花独放不是春，百花齐放春满园，必须很多人不约而同地都会这样想这样做的事情，才算得上是文化。

一定地域内多数人不约而同具有的行为活动特点，构成这个地域的文化。比如，四川人说四川话，喜欢打麻将，喜欢麻辣口味，生活比较随性，容易自得其乐。

不同社会群体中多数人不约而同地具有的行为活动特点，构成不同群体的义化。比如按职业来区分，公务员群体、教师群体、医生群体、企业家群体,各有其行为活动特点。按年龄来区分,青年人群体、中年人群体、老年人群体各有其行为活动特点。按照兴趣爱好来区分,玩音乐的人、爱旅行的人、打游戏的人、坚持运动的人、喜欢读书的人,各有其行为活动特点。

一个民族中多数人都会有的行为活动特点,构成这个民族的文化。比如,藏族同胞喝青稞酒、跳锅庄舞,彝族同胞吃"砣砣肉"、过火把节等。

从广义上讲,人类认识世界、利用世界、享受世界和改造世界的各种活动,无论经济活动还是政治活动、无论科学技术活动还是宗教伦理活动、无论利用自然资源的活动还是保护生态环境的一切社会实践活动,都属于文化活动。

《易经》讲:"刚柔交错,天文也;文明以止,人文也。观乎天文以察时变,观乎人文以化成天下。"通过文化活动,人在自然界刻下自己的印记,并把自己和其他动物区别开来。

文化
为生命注入意义

从狭义上讲，文化是人满足自身精神生活需要的方式，是一个群体以价值观为核心建立的生存智慧和生活状态。

通俗些讲，文化是通过对主客观条件的观照，借助心理慰藉、情感激发和思想引导，把人的精神调整安放到合适的、舒服的、愉悦的、健康的状态的行为活动及其产物。

简单地说，文化是人为生命注入意义的行为活动及其成果。

司马迁说："人固有一死，或重于泰山，或轻于鸿毛，用之所趋异也。"尼采说，人生本来是无意义的，我要在完全无意义的生命中寻找悲剧性陶醉。胡适说："生命本没有意义，你要能给他什么意义，他就有什么意义。"木心说："生命好在无意义，才容得下各自赋予意义。"

如果生命本有意义的话，那么文化即人发现、寻找、探究这种意义的行为活动；如果生命本无意义的话，那么文化即为生命创造、设定、赋予意义的行为活动。因而也可以说，文化是人实现自我救赎、达到自我治愈的方式。

文化，包括哲学、宗教、道德、艺术、文学等而不限于此。人的生理需要、安全需要和精神需要，不可能截然分开，常常夹杂在一起，因而文化于人如影随形，无处不在。

不管文化以什么样的形式存在，它总是与怎样让环境更加和谐融洽、井然有序，怎样让日子变得有滋有味、兴致盎然，怎样让自己最能心情舒畅、心安理得密切相关，总是与如何看待自我、如何定位自我，如何处理自己与他人、与社会的关系，如何鉴别是非对错、善恶美丑密切相关，总是与我们应该怎样生活、可以怎样生活的追问和认知密切相关。

荀子说："人之性恶，其善者伪也。"对这样一些问题的追问和认知，对生命意义、人生价值的思考和探索，往往把我们导向看似有违自己本能的方向。比如，自私自利是人的本能，但是，人为了实现意义、成就价值，可以做到损己利人、舍己为人；比如，好逸恶劳是人的本能，但是，人为了实现意义、成就价值，可以做到不辞辛劳、吃苦耐劳；又比如，趋利避害是人的本能，但是，人为了实现意义、成就价值，可以做到不避艰险、奋不顾身；又比如，贪生怕死是人的本能，但是，人为了实现意义、成就价值，可以做到舍生忘死、视死如归。

如果人丧失了自私自利、好逸恶劳、趋利避害、贪生怕死等本能，人群将无法生存和发展，但是，如果人只有自私自利、好逸恶劳、趋利避害、贪生怕死等本能，人群也将无法生存和发展。对生命意义、人生价值的思考和探索，以及由此而有的行为选择，正是从人群的生存和发展出发，为实现人群整体利益、长远利益最大化，对由自私自利、好逸恶劳、趋利避害、贪生怕死等本能所决定的个人短期利益行为的约束和矫正。所以，文化是对人的本能的反思和超越。也可以说，文化是生而为人更深刻、更高级的本能。

人的生命密码，真是微妙神奇！

文化，相对于经济、政治而言是独立的，但又与经济、政治水乳交融。在人们为满足物质生活需要所进行的生产、交换、消费物质资料的经济活动中，在人们为获取和维护自身利益所进行的争夺和分配权力的政治活动中，随处活跃着文化的因素。而人们的物质生活越富足，社会越安定有序，精神的需要、文化的作用就越凸显。

生命怎样才算有意义，人生如何才算有价值？我们应该怎样生活，我们可以怎样生活？不同国家、民族、地域的人，不同时代的人，各自作出不同的回答，从而发展出不同的文化。

文化
是一种自我展示

文化是如何生成的？一般性地讲，文化是人内在的自身条件与外在环境相互作用的产物。

一方水土养一方人。任何一种文化的生成，离不开外在的环境条件和人内在的自身条件。不同的地域、不同的气候，比如纬度的高低、海拔的高低、距海的远近，比如炎热还是寒冷，干旱还是湿润，阳光充足还是不足，土地肥沃还是贫瘠，地势平坦还是崎岖，等等，不同条件形成不同的生态系统。不同的生态系统决定了动植物生长繁衍的不同面貌，也决定了人赖以生存的不同面貌。人有什么样的生存方式，就有什么样的文化特征。这是环境条件对文化的塑造。

与此同时，人总是依据自身的条件与外在环境相互动，实现自我的生存，建设自己的生活，进行文化的创造。不同区域的人发展出不同的生理构造。比如外形方面肤色的深浅、脸型的凹凸、体型的胖瘦、身材的高矮、肢体的长短等；比如运动方面奔跑快慢、力量大小、身体是否协调、动作是否敏捷等；比如内脏方面心脏的供血功能如何、肺的呼吸功能如何、胃的消化功能如何等。所有这些构造中，最重要的是在长期进化中形成的大脑的构造。大脑这个中枢系统的运转——如何接收来自外部的信息，如何处理加工信息，如何对信息作出反应，决定了人与人不同的认知方式、思维方式和行为方式。而人有什么样的认知方式、思维方式和行为方式，就有什么样的心智模式、精神气质和文化特征。这是人的自身条件对文化的塑造。

不同的土壤生长不同的植物，不同的种子结出不同的果实。人群的差异、民族的差异，关键在生存方式不同，认知、思维和行为方式不同。文化的多样性，追根溯源取决于外在环境条件和内在自身条件的多样性，由此形成的生存方式的多样性，认知、思维和行为方式的多样性。

而当我们试图更进一步，更具体、更深入地探求文化生成的过程和机制，总是会被诸多的问题所困扰。

文化的创造是为了满足人的物质生活需要和精神生活需要，人为什么会有精神生活需要呢？无论精神生活需要的产生还是精神文化的创造都源于人的大脑有意识的机能，人的意识又是如何产生的呢？在文化的创造中，人是认知的主体，也是认知的对象，这究竟是怎么做到的呢？在天地之间，我们人究竟是怎么样一种存在？在天地之外，有没有与我们人相似的存在呢？

外在的环境条件和人内在的自身条件共同塑造了文化的面貌，究竟外在的环境条件更具根本性，还是人内在的自身条件更具根本性？如果因为人内在的自身条件不同而有不同的文化，那人与人的不同又是如何造成的呢？如果是因为外在的环境条件不同而有不同的文化，那是不是说环境最终决定着文化的面貌？常说内因是事物发展的根本原因，外因是事物发展的必要条件，外因通过内因而起作用，那么在这里，外因到底如何通过内因起作用呢？

离开对这些问题的关注和追问，讨论文化的生成、文明的起源，总觉得如隔雾看花。而越是循着这些问题不断地发出追问，我们越是一头雾水，其情状如庄子所谓"吾生也有涯，而知也无涯，以有涯随无涯，殆已"。

我们必须接受这个世界永远存在着人不得而知的领域。或者，我们只能把对文化生成问题的讨论限定在这样一个范围以内，那就是人类祖先在不同的区域逐渐形成了各自的生存方式，形成各自的认知、思维和行为方式。

在这个前提下，我们讲文化是人创造的，文化的创造即人的所作所为。文化是人的禀赋、天性在特定环境条件下的自然流露和凝结。有了人自然就有了文化，有人的地方自然就有文化，人与人不同，文化自然也不同。

或者可以说，文化的创造是一场人的自我展示，人根据自己的禀赋，本乎自己的天性创造了文化，让自己以另一种形象呈

第一章　闲话文化

现出来。文化的发生发展是一个自然孕育、自然生长、自然演进的过程。

古老的丛林莽野中，苍松翠柏树脂滴落，掩埋在地下，经过长时间的压力和热力的作用，石化成琥珀。如果把人比作松柏，把人的禀赋、天性比作树脂，把漫长的历史比作长时间的压力和热力的作用，那么树脂结晶而成的琥珀恰如文化。而文化史上那些标志性人物则如同寻宝人，他们跋山涉水、披荆斩棘寻找琥珀，又锲而不舍、精益求精地加工打磨，把它变得更加晶莹剔透、熠熠生辉。

文化或许就是这样生成的吧。

不食人间烟火的
文化不是真文化

从本质上看，人的一切活动，无不围绕"活着"展开。所谓活动，即为活着而有所动，为活着而奔走忙碌。首先是活着，然后在这个基础上追求更好地活着；首先是个人活着，然后在这个基础上实现种群的延续。为着求生存的各种活动，造就了社会的面貌，也造就了文化的面貌。

文化植根在人们求生存的奋斗中。它是用来解决问题的，在解决问题的过程中孕育生成，在解决问题的过程中发展演进，由着眼于解决生存问题，扩展到解决从客观到主观、从外在到内在、从个体到群体、从物质满足到精神满足等方方面面的问题。世界上没有任何一种文化是无用的。不同民族、不同国家、不同地域各有各的独特文化，有用是所有文化的共性，是文化最重要、最本质的特征。

所以，对于人而言，文化并非可有可无、无关紧要，而是必不可少、不可或缺；并非虚无缥缈、难以言说，而是实实在在、可知可感；并非高高在上、超凡脱俗，而是平易近人、随处皆是；并非少数人的专属，而是芸芸众生的日常。总之，文化不是超脱于人们生活之外的某种东西，它其实就是人们的生活。

博物馆的陈设，艺术馆的展品，文物家的收藏，考古发掘的成果，固然都是文化——前人留下的文化，而当下人的所思所想、所怀所感、所行所止，又何尝不是文化？

琴棋书画、风花雪月、名士风流固然是文化，而衣食住行、柴米油盐、市井生活又何尝不是文化？

文人雅士匠心独运，骚人墨客诗词唱和，饱学之士引经据典，鸿儒硕学发幽阐微，固然是文化，而山野村夫、贩夫走卒、引车卖浆者感受生活的酸甜苦辣，又何尝没有自己的文化？

不食人间烟火的文化不是真文化。文化并不总是冠冕堂皇、道貌岸然的模样，不总是一本正经、正襟危坐的模样，不总是冰清玉洁、文质彬彬的模样，不是必须先焚香沐浴、诚心正意才可以谈文化。

人总是在解决面临的问题时，在不断满足生存和生活需要的过程中进行文化创造。比如，"衣必常暖，然后求丽"，人为了御寒、为了遮羞而有衣服，进而为了悦己、为了悦人，发展出异彩纷呈的服饰文化。为了充饥、为了果腹而有饮食，进而为了吃得更有营养、更有滋味，从茹毛饮血到精烹细作，从野果野味到山珍海味，发展出活色生香的饮食文化。为了遮风、为了挡雨而有建筑，进而为了住得更安全、更舒适、更美观，发展出各具特色的建筑文化。为了出行方便、为了运输省力，从最早骑驴骑马、以牛负重、以竹为筏、以木为舟，或乘坐人抬的轿子、滑竿等，到后来造车造船，发展出不同的交通文化。

不同地域的人，根据各自对衣食住行的需要，从各自的地理环境、资源状况出发，围绕原料的获取和开发、工具的发明和使用、技巧的积累和运用，发展出各自的饮食文化、服饰文化、建筑文化、交通文化。不同的饮食、不同的穿戴、不同的居住方式、不同的交通方式，人赖以生存生活的这些基本面的差异，最基本的物质生活需要和最基本的物质资料生产的差异，概言之，生产生活方式的差异，从根本上造成了农耕文化、游牧文化、渔猎文化的不同风貌。

又比如，群居是人的天性，人都是群居动物，群居把个体凝聚为群体，把单打独斗变为集体作战，增强了应对外部挑战的能力，大大提高了人在自然界中生存下来的概率。但与此同时，群居不可避免地伴随着由利益不均、意见分歧、感情亲疏、个人好恶而引发的矛盾、冲突、争执、纠结，进而造成内耗、内斗、内讧、内乱，危及所有人的安全。聚群而居的规模越扩大，这种潜在的风险也越是加大。

堡垒最容易从内部攻破。内部纷争的危害，较之外部挑战有过之而无不及。如何协调处理好群体中人与人的关系，尽可能避免、减少内部纷争，最大程度发挥群体的优势，是人类聚群而居面对的重大现实问题。

为了群体生活正常有序，人们的眼光和思考从较小范围内家庭成员之间应该如何相处，扩展到稍大范围的家族、亲族成员之间应该如何相处，再扩展到更大范围里人与人之间应该如何相处；由对外的人与人之间应该如何相处，转而反求诸己，循着个人应该怎样对待他人、怎样为人处世、怎样在群体中安身立命，深入到向内的自我认知、自我反省；从个人应该如何做好自己，上升到群体应该怎样引导成员约束自身的行为，怎样调整成员之间的关系，怎样惩戒那些伤害他人、危害群体的成员。

围绕解决这些现实问题，经历茫无涯际的漫漫岁月，经过一代又一代人点点滴滴的经验积累，伦理的意识萌生了，道德的意识萌生了，规则的意识萌生了。不仅如此，在探索处理人与我、个体与群体关系的实践中，由人群对成员的所作所为表现的或交口称赞、感佩有加或不以为然、嗤之以鼻的观感和态度，人们开始对何谓光荣、何谓可耻有了体会，进而萌生了荣誉感、耻辱感和今天称为人生价值的意识。不仅如此，不同成员由于个人的能力有强有弱，发挥的作用有大有小，地位和身份有轻有重，少数人脱颖而出成为发号施令者、出谋划策者，多数人成为执行者、服从者、追随者；人群天然形成的角色区分和定位，加上社会逐渐分化出不同的阶层，促使上下尊卑的意识、高低贵贱的意识萌生。

也就是说，关于伦理的认识，关于道德的认识，关于人生价值的认识，关于社会身份的认识，今天统称为社会意识形态的那种东西，无不发端于解决聚群而居引发的现实问题。认识问题的角度不同，理解问题的思路不同，解决问题的方法不同，决定了不同地域、不同民族的文化有不同的特征、不同的风貌。

由社会生活的基本内容所孕育、催生的思想文化的若干核心命题，从人类在这个星球诞生的远古时代，就已经有了最初的表现、最早的雏形。以后的人继续围绕这些核心命题，不断丰富充实、深化拓展已有的认识和经验，推动文化发展演进。这个过程中，被后世奉为先师、先圣、先知、先哲的杰出人物，对思想认识、文化发展的成果进行归纳整理，作出概括提炼，成为文化的集大成者。

再比如，人不是行尸走肉，不仅有物质生活需要，还有精神生活需要。物质生活需要得不到满足，人无法生存。精神生活需要得不到满足，缺失生活的兴味、情感的慰藉、心灵的滋养和精神的支撑，活着变得了无生趣，人必然被内心空虚、意志消沉、情绪苦闷等精神问题所折磨，最终被摧毁、撕裂、压垮，也无法生存下去。

如何才能让人觉得活着是有乐趣、有意思的事，是有热望、可期许的事，不管怎样都是值得的事？如何才能让生活不那么枯燥乏味，不那么单调无聊，多一些生动有趣，多一些欢喜快活？或者说，如何为生存和生活赋予意义，注入价值，增添情趣，从而增强人对于活着的向往？文化的孕育生成，很大程度正是为了解决这些问题。

《毛诗序》讲："情动于中而形于言，言之不足，故嗟叹之，嗟叹之不足，故永（咏）歌之，永（咏）歌之不足，不知手之舞之足之蹈之也。"情郁于中而发之于外——这是从创作主体方面阐述文学艺术的内在生成机制，着眼点在创作活动对创作主体自身的意义。换一个角度，站在受众方面，从外在的传播机制来看，文学艺术之所以会存在，在于它满足了人们的需要。

汉代枚乘说："练色娱目，流声悦耳。"晋人陆机讲："音以比耳为美，色以悦目为欢。"美好的景致醒目提神，美妙的形象养眼怡人。为了那份赏心悦目，人们创造了绘画、雕塑等各种视觉艺术。动听的声音让人愉悦，让人久久不能忘怀，"余音绕梁，三日不绝于耳"。为了那份愉心悦耳，人们创造了歌曲，创造了音乐，创造了各种听觉艺术。为了既悦目又悦耳，人们尝试着把听觉艺术的元素和视觉艺术的元素加以整合，通过用身体造型而以音乐伴奏，创造出歌舞等表演艺术。

悦耳也好，悦目也罢，终归是为了娱人。而搞笑、搞怪都是逗乐人的方式。为此，人们创造了以不断变化、让人捉摸不定，从而带给人奇妙体验的魔术表演，把身体技巧发挥到极致而带给人不可思议感受的杂技表演，以风趣幽默生动诙谐让人忍不住想笑的滑稽表演。

　　语言是交流的工具。语言本身不像其他艺术那样直接诉诸人的视听感官，但是语言组织起来所表现的内容，具有深入人心的作用。英雄的故事，祖先的故事，男人和女人的故事，好人和坏人的故事，报恩和报仇的故事，各种古老的神话故事、传说故事、寓言故事、童话故事，都是能引发人们兴趣的话题。用语言讲述、传颂这些故事，是最早的民间口头文学。

　　在运用语言过程中，为了娱人娱己，各种幽默段子、搞笑段子应运而生。这当中，混合语言智慧和色情意味的各种"荤段子"，在不同场合盛行，最是经久不衰。

　　在中国古代，民间的口头文学和歌唱艺术相互融合，再掺入讲故事、说笑话、吹拉弹唱、滑稽表演等，发展演化出各种说唱艺术，即今天的曲艺。

　　伴随着文化的创造发展，有些画面自然而然就会浮现在我们的眼前。

　　比如，在田间地头劳作的间隙，人们或坐或立，或松或紧地聚拢一块，有人开玩笑，有人讲段子，彼此插科打诨，大家互相取乐。

　　比如，在寒冷的冬夜，人们围在火堆边，幽蓝的火苗上蹿下跳，老人打开话匣子，把英雄的史诗、祖先的故事缓缓道来。

　　比如，在晴爽的时节，男人们你邀我约，或上山狩猎，或下河捕鱼，迎着晨光出门，乘着暮色归来，当炊烟袅袅升起，至爱亲朋大快朵颐，分享收获的河鲜野味，兴之所至，载歌载舞。

人总有闲下来的时候。对于喜欢群居的人们来说，打发闲暇最好的方式，就是大家聚在一起。可以想象，唱歌跳舞、说唱杂耍等各种表演，赛马摔跤、射箭比武等各种竞技，走亲访友、设宴待客等各种活动，祭祀祖先、求神拜佛等各种仪式，登高望远、游赏山水等各种安排，以及斗鸡、斗狗、斗牛、斗蟋蟀等各种游戏，都是聚会的内容。不少非物质文化遗产，就这样在聚会中产生了。

通过不断积累有关天象变化的知识，人们创制了历法。通过不断积累对于过往的认识，人群沉淀、升华出共同的历史记忆。在有了历法和对历史的集体记忆基础上，不同地域、不同民族诞生了各自的节庆日。当节庆日到来，人们不约而同地聚在一起，各种表演、各种竞技、各种活动、各种仪式、各种安排纷纷登场，久而久之形成各地的民俗文化。

发明文字是文化发展中的大事。文字为人们的交流提供新的载体，为文学插上飞翔的翅膀，大大地增强了文学表情达意的功能。文学塑造的形象、创造的意境，引发人的共鸣，读之回味无穷。在中国，伴随文字的出现，从实用中升华出书法这一新的艺术形式，为人们增添了新的艺术体验和审美情趣。

文化来源于生活，植根于生活——这句话包含相辅相成的两个方面，一方面是生活创造了文化，另一方面是生活离不开文化。没有对文化的需要，当然也就没有文化的创造。文化之所以被创造出来，根本原因在于它满足了人们的需要。

人的精神生活需求是多方面的，也是多层次的，且不同的人有不同的需求。把各种各样的需求归拢起来，一言以蔽之，无非获得快乐和意义。首先是获得快乐，然后在这个基础上追求价值和意义。没有快乐，就没有价值和意义；只有获得了快乐，才能实现价值和意义。快乐所在，即价值和意义所在。不快乐，无价值；不快乐，无意义。

人获得快乐、追求价值和意义的方式大相径庭。小说家在塑造人物过程中找到快乐，书法家在挥毫泼墨中感到快乐，史学家在稽古钩沉中找到快乐，哲学家在人生思考中找到快乐，而更多的人，有的在唱歌跳舞中找快乐，有的在游山玩水中找快乐，有的在栽花养草中找快乐，有的在读书看报中找快乐，有的看看综艺表演、听听黄色笑话就感到快乐。人上一百，形形色色，有多少种人就有多少种获得快乐的方式。对整个社会而言，获得快乐的方式不同，在人群中产生的效果和影响不同，因而对应的价值和意义有大有小；但是对每一个独立的人来说，不管采取什么方式，只要能获得快乐，那就不乏价值和意义。

各种体裁的文学被创造出来，各个门类的艺术被创造出来，各种形式的精神文化被创造出来，通过对人们生存状态的关照，它们为生活注入快乐，为生命赋予价值和意义。娱乐众生，任何时候都是文化最基础性的功能。

文化有娱乐休闲属性，也有教化社会的作用，兼具意识形态属性。一般来说，思想文化着重体现意识形态属性，民俗文化、大众文化以及各种艺术着重体现娱乐休闲属性。不同形式的文化在发展中相互交融、相互渗透。这个过程中，民俗文化、大众文化以及各种艺术，常常被植入社会意识形态的内容，用来作为传播思想文化、开展社会教化的工具。

在中国，文化自古以来被视为国家治理的重要内容和社会教化的重要手段。在古人看来，一切文化活动，都不只是个人的事情，而且是社会性的活动；不只关乎个人的兴趣爱好，而且关乎社会的公序良俗；不应该停留于满足个人需要，而应该提高到整齐风俗、以文化人的责任上来。这赋予各种民俗文化、大众文化以及各种艺术寓教于乐的功能。

寓教于乐，顾名思义是在娱乐中寄托教育作用。实践中，寓教于乐能不能在教上取得实效，往往不取决于教本身，而取决于能不能让人乐起来。也就是说，娱乐的功能发挥不好，教化的功能不仅无法落实，而且很可能适得其反。

文化
也分高下吗？

不同的文化有没有高下之分？

有人认为，不同的人群从不同的环境条件出发，自然会有不同的满足自身生存和需要的方式，自然会有不同的对生命意义和人生价值的理解，自然会有不同的生存智慧和生活状态，由此发展形成的不同文化，只有差异而没有高下之分。

按照这种看法，人类有史以来有过的各种文化，都有其内在的合理性，谈不上高下之分。

但是问题在于，文化作为人群的生存智慧和生活状态，归根结底是为了护佑人群的生存，为了保障人群的繁衍和延续，为了促进人群的发展和繁荣。人类几千年来，先后登上历史舞台的文化，有的早已销声匿迹，有的成了供人凭吊的遗迹，有的在走过辉煌之后变得暮气沉沉，有的厚积薄发后来居上，有的在时代洪流中举步维艰，有的经历漫长岁月继续保持生长的势头。

要说这些文化之间没有高下之分，将它们等量齐观，很难让人信服。

当今世界，既有高度发达的城市文明，也有自给自足的农耕生活，还不乏靠天吃饭的原始状态。世界因差异而丰富，因多样而精彩，我们当然也应该理解和尊重文化的多样性。但要说这些不同的生存状态没有高下之分，不是自欺欺人，就是别有用心。

不言自明，不同的文化存在着高下之分。那么，又如何判别不同文化的高下呢？

文化是精神活动的产物，属于社会意识的范畴。判别不同文化的高下，关键要看它们对社会存在所起的反作用。

社会存在决定社会意识，社会意识反映社会存在。从理论上讲，有什么样的社会，就会有什么样的与之相适应的社会意识，社会存在发生了变化，社会意识也会相应地发生变化。而从实际来看，社会意识对社会存在的反映，并不像镜子成像一样，像用X光检查身体一样，是什么就显现什么，有多少就呈现多少。

社会意识的主体是人。人对事物的认知，必然会带入自身的主观性、能动性。由于所处立场、所持态度、思维能力、认识水平的差异，人们对事物的认知，社会意识对社会存在的反映，可能滞后于社会存在，也可能超前于社会存在，未必都能达到不偏不倚、恰如其分的程度，更不要说达到纤毫不爽、准确无误的程度。这就像面对同一幅画，不同的人看到不同的东西，每个人看到的东西常常大不一样。

不同的社会意识对社会存在产生不同性质的反作用。合乎时宜而先进的社会意识，对社会存在的发展有引领、促进作用，甚至把看似不可能之事变成可能。不合时宜因而落后的社会意识，对社会存在的发展有阻碍、破坏的作用。

从社会存在与社会意识的关系出发，文化建设的任务即在于发挥社会意识的主观能动性，通过对社会存在的发展变化作出客观真实的反映，努力使社会意识最大程度地适应社会存在，最大程度地引领、促进社会发展。

总体上讲，判别不同文化的高下，要看它们是否有利于人群的生存，是否有利于人群的繁衍和延续，是否有利于人群的发展和繁荣。

具体来说，判别不同文化的高下，必须兼顾内外，综合考虑多方面的因素。

比如，要看生产力的发展水平和由此所决定的满足人们物质生活需要的能力。物质生活的生产方式是社会存在和发展的基础，决定整个社会的面貌。

比如，要看内部的组织管理水平和由此所决定的社会的安定有序程度、整体协调程度、整合力和凝聚力，尤其是促进多数人自由而全面地发展，激发社会创造活力的状况。

比如，要看通过内在的自我调整实现持续的自我完善的能力和由此所决定的演进面貌。好的文化，具有强大的内生动力和可塑性，其演进一定不是内卷的、循环的、原地打转的，而是生长的、向上的、不断向好的，一定会有质的突破而不止于量的变化。

比如，要看应对外部环境变化的能力和由此所决定的与其他文化的相处之道。任何一种文化，不可能永远与世隔绝，与其他文化老死不相往来。对外部环境变化采取什么态度，对其他文化采取什么态度，嗅觉敏锐还是反应迟钝，保持互动还是墨守成规，灵活变通还是僵化刻板，开放接纳还是排斥抵制，虚怀若谷还是自以为是，平等相待还是傲慢不逊，很大程度上决定着不同文化品质的高下。而好的文化，必定具有海纳百川、兼容并包的气质，必定具有强大的学习能力和通过借鉴他人实现自我更新的能力。

比如，要看对人类文明发展产生了什么样的实际影响。发挥建设性作用还是起到破坏性作用？推动文明进步还是造成文明倒退？让世界和平安宁还是扰攘不安？繁荣兴旺还是凋敝破落？带给人们福祉还是造成伤害？带给人们美好还是造成痛苦？在人类的文明成果中，有没有贡献，有多少贡献，贡献了什么？

了解一个人，须从德、能、勤、绩、廉等多个方面进行考察，才能得出比较全面而客观的看法。认知一种文化，同样需要从多个方面、多个维度作出观察和评价。无论如何，我们对某种文化的认知，对不同文化的比较，应该尽量避免停留在笼而统之的观感上，浮光掠影的印象上，甚至想当然的臆断之上。

路遥知马力，日久见人心。考察了解一个人，不能只看一时一地的表现，而必须看长期的、一贯的表现。对于有些人，不到盖棺时难有定论，甚至盖棺很久以后也难以作出恰当的评价。文化的孕育生长，较之于人要复杂得多，缓慢得多，仅凭短时间的表现，没有长时段的眼光，难以论断一种文化的利弊得失，难以判别不同文化的高下。

金无赤金，人无完人。世界上没有十全十美的事物，当然也不可能有完美无瑕的文化。所以不同文化的高下都是相对而言。消逝在历史长河中的文化，在某些方面未见得比至今活跃着的文化差劲。但是综合起来看，存活着的文化一定优于那些作古的文化。世间万物，包括文化在内，都逃不过物竞天择、适者生存的基本法则。不同文化的高下，最终只能依据这个基本法则来加以判断。真正优秀的文化，未必是"强"的文化，未必是"新"的文化，未必是人们主观上喜爱的文化，而一定是客观上能够不断推动面临的问题得到解决因而适合于、有利于人们生存和发展的文化。

第二章

闲话文化惯性下的国人

人都是感性和理性兼而有之，如果把感性视作生命之火的话，那么理性就是生命之光。没有火的燃烧就没有光的闪耀。感性是理性的基础，理性是感性的升华。没有感性作为基础，理性的发展便无所附着。没有理性的引领，人无法脱离动物世界，走出蒙昧状态，开启文明之门。

世界上没有绝对感性或绝对理性的人。理想的状态，当然是感性充沛且理性强大，两方面达到完美的组合。但人的实际情况总是要么感性多一些，要么理性多一些。总的来看，中国人大多偏于感性。这个进化所致、天性使然的特点，给中国社会的方方面面打下了深刻的烙印。

先有人而后有文化，没有离得开人的文化。有什么样的人就有什么样的文化，不同国家、民族的区别，根本在于人与人不同。读不懂中国人，不可能懂得中国文化。离开对人性的洞悉和把握谈文化，越讲得头头是道，越可能面目全非。

比较可以帮助我们看清自己，但是比较须以承认"人"与"我"不同为前提。

扎堆式社交

中国人喜欢扎堆。四川话叫"打堆"。四川有句方言叫"吃得亏打得拢堆"。

稍加留意不难发现，多数人不习惯长时间待在安静的环境中。这种安静，不是没有响动、静谧无声那种安静，而是因为人际交往少而显出的安静。人们害怕孤独和寂寞，难以安于独处。

中国历来少有离群索居、独来独往一类人。无论男女老少，多数人喜欢相互邀约，呼朋引伴。不合群，不喜欢交际，通常被看成有性格缺陷。

从传统中国走亲戚、赶市集、参加婚丧嫁娶、节日庆祝、亲朋聚会等各种活动，到今天各种社交软件广泛应用，各种社交平台热闹非凡，各种朋友圈热火朝天，千百年来，人们扎身在人群之中，在你来和我往、进入和退出、给予和接受、展示自我和围观别人、被人关注和关注别人、臧否他人和被人臧否之间，既当主角又演配角，既当演员也做观众，寻找和享受生之乐趣。把中国人归入最热爱社交活动的一类人或不为过。

中国人扎堆最多的场合是各种请吃和吃请。请吃有各种由头，比如嫁女儿娶媳妇要请吃，孩子出生满月要请吃，老人做寿要请吃，乔迁新居要请吃，孩子考上大学要请吃，孩子参加工作要请吃，晋升职务要请吃，等等。自己有了好事要请吃以示庆贺，亲戚朋友遭遇不幸也要请吃以表安慰。请吃也不一定非要有名正言顺的由头，由头可以随便找，"大家聚聚"本身就是由头。

请吃和吃请，围绕着吃展开，意义却不在于吃。物资匮乏的年代，有机会参加吃请，尤其是能有机会吃肉解馋，是很让人向往的事，也因此误导人以为请吃真的是为了让人吃。生活条件改善了，吃乃至吃肉早已不是什么了不得的事，请吃和吃请不仅热度未减反而更甚于昔，其真实意义也明白无疑地浮现出来，那就是吃只是形式，聚才是内容所在。

中国人的生活中有各种聚会各种局，比如饭局、酒局、茶局、牌局等。虽然不同的聚会有不同的事由，不同的局有不同的名目，但大都"醉翁之意不在酒"，真正的意义在于大家聚拢在一堆，在这妙不可言的氛围中获得情感的满足和精神的慰藉。

中国古代很多著名的诗文，都产生在聚会的场合或者与聚会密切相关，这说明中国人自古热衷于聚会。

可以说，喜欢扎堆是这个社会多数人最基本的一种生存方式，最重要的一种生活状态，是人们在处理与他人、社群关系上情不自禁、欲罢不能的追求。他们必须把自己置身于人群之中，让自己与其他人、与大的社群紧密地连接起来，才能找到人生在世的存在感和归属感。

有些人热衷于扎堆，有着明确的动机，比如为了经营人脉，比如为了获得信息，比如为了寻找机会，比如为了塑造人设等。他们行为的目的性常为人质疑，其实无可指摘。动机也好，目的也罢，只要没有伤害他人的故意，说不上有多大错，更何况能否达成愿望，最终取决于其他人如何回应、是否接招。说到底，恰恰是多数人喜欢扎堆的氛围，为这些人达成目的创造了条件。

个体组合成群体，无数群体组合成民族、国家。个体对群体的依赖性越强，群体的向心力、凝聚力越强。追求活在群体中的天性，从根本上铸就了中国社会的集体主义特征，造成了中国社会不同于崇尚个体自由的西方社会的面貌。

在滇东北和川南交界一带，我老家所在的地方，有"人来疯"一说，指的是有些人在人多的场合，特别容易变得兴奋异常，很喜欢以各种自我表现引人关注。

小时候在农村过年，我常缠着来家里做客的叔叔、伯伯、嬢嬢们说个不停,父母唯恐我话多叨扰了客人,会用带点责备的口气说:"这个娃儿,简直是个'人来疯'。"而客人总是笑着回应:"不碍事,小朋友嘛,都是这样子的。"

在我老家,"人来疯"一说多用在小朋友身上,成年人有类似的表现,通常的说法是"爱出风头"或"爱抢风头",比如说"这个人总是那么爱出风头"。

后来知道,"人来疯"和"出风头"的说法,并不限于我老家那一带,中国很多地方都有。而无论"人来疯"还是"出风头",其实都是这个社会中某一类人追求活在人群中的天性的自然流露。

"显摆"一词出自北方方言,逐渐演化成通用的汉语词汇。显摆——显示并夸耀,以不同于"人来疯"和"出风头"的另外一种形式,展现了人们追求活在人群中的天性。

喜欢显摆是我们这个社会由来已久、根深蒂固的一种习性。

史载项羽攻占咸阳后,有人劝他定都咸阳,他因为思念家乡急于东归,说:"富贵不归故乡,如衣锦夜行,谁知之者?"在他看来,不能向人显摆的荣华富贵没有意义。

《史记·高祖本纪》记载:未央宫建成后,汉高祖刘邦在前殿摆下酒宴,大宴诸侯群臣,他手捧玉制酒杯,起身给太上皇祝寿说:"始大人常以臣无赖,不能治产业,不如仲力。今某之业所就孰与仲多?"把刘邦的话翻译成大白话:当初父亲总是认为我没有出息，不能经营产业，比不上二哥刘仲勤劳努力。现在我所成就的事业与二哥刘仲相比，谁更多呢？

据说是刘邦留下的《大风歌》说："大风起兮云飞扬，威加海内兮归故乡，安得猛士兮守四方！"一个"威"字，足见其志得意满的显摆之态。

喜欢显摆古已有之，到今天有过之而无不及。看看我们周围，从线下到网络，五花八门的显摆随处皆是。各种炫，炫富、炫美、炫技；各种秀，秀美食、秀美妆、秀恩爱；各种分享，分享购物体验、分享旅行感受、分享人生感悟等等。工作生活，衣食住行，吃喝玩乐，无所不炫，无所不秀，无所不分享。显示夸耀于人前的东西，人无我有、与众不同最好，众人皆有我亦不缺也无妨，重要的是以此获得人群中的存在感。

笛卡尔说"我思故我在"，对喜欢显摆的人，则可谓"我显摆故我在"。

中国人富于好奇心。这当中，固然不乏少数人对支配日月星辰运行的天道的追问，对实现社会有序运转的规则的探究，对决定世间事物面貌的常理的思索，而多数人的好奇与渴望知晓人群的状况、其他人的情况密切相关。

比如以一个单位而言，谁从哪里来的，谁有什么背景，领导之间关系如何，某个领导喜欢谁不喜欢谁，谁被表扬了谁又被训斥了，谁和谁走得比较近，谁又和谁闹了不愉快，谁在背后讲了谁的什么话，谁有什么好事谁又摊上什么倒霉事，谁家发生了什么事，谁和谁恋爱了或分手了，谁和谁结婚了或离婚了，等等，都是人们好奇的内容，即便这些事情与自己没有一点儿关系。

在满足自己好奇心的同时，人们也非常乐意于把了解的情况拿出来，在一定范围内与其他人分享。在很多地方，各种八卦是中国人私下聊天的主要内容。在这种场合，能提供出别人不知情的"独家消息"，会让人找到类似于"显摆"那样的感受。

喜欢打探东家长西家短也好，喜欢传播各种小道消息也好，都是在往人群中凑，像人们说的凑热闹，这还是喜欢扎堆、追求活在人群中的天性使然。

从少年到青年到壮年，中国人扎在人堆里，马不停蹄地忙学习忙工作忙生活，忙并充实着，忙并快乐着。当老年到来，他们被迫淡出社会舞台，从人堆中抽身出来。如何在人际交往越来越稀疏的环境中安顿好自己的内心，对他们中的不少人来说并不是一件容易的事情。

随着中国社会步入人口老龄化阶段，与养老相关的一系列问题凸显出来。这当中有世界范围内带共性的问题，也有中国社会的个性问题。与其他国家相比，中国的老人们似乎更加害怕孤独和寂寞。如何让他们安度晚年，成为今天中国的一个社会问题。

"对不起"和"我错了"

某些人即便心知肚明自己做错了事，要当众承认自己犯了错，也不是一件容易的事。

孔子曾经感叹"吾未见能见其过而内自讼者也"，意思是他没有见过能看到自己的错误且能从内心责备自己的人。他把"过则勿惮改"视为君子之德。

有一次宋国遇到了水灾，鲁国派使者前往慰问，宋国国君对使者说，寡人不仁，因为斋戒不够诚实，徭役扰乱了百姓的生活，所以上天降下此灾，又给贵国国君增加了忧虑，以致劳烦先生前来。孔子知道后讲，看来，宋国大概会很有希望。学生们问为什么，孔子说，当初桀、纣有过错却不承认，很快就灭亡了；商汤、周文王知道承认自己的过错，很快就兴盛起来了。过而能改，君子之道，善莫大焉。

可能有人会说，不就认个错吗，哪有那么难！有什么了不得！其实不然。要人们认错非常之难，要有点年岁、有点身份、有点地位的人认错更是难上加难。"负荆请罪"这个原本简简单单的故事，之所以千百年来传为美谈，原因恰在于心悦诚服地认错对我们是何等的难能可贵。

稍加观察可以发现，某些人因为自己的错误而向别人道歉，通常选择说"对不起"而不是"我错了"。"对不起"与"我错了"两者有着微妙的差别。造成一个人"对不起"另一个人的原因可能有多种，当中未必包括主观上"我错了"。而即便"我错了"是原因之一，也未必是主要的原因。所以对许多人而言，讲"对不起"不等于"我错了"。

刻意回避公开承认"我错了"，除了面子思想作祟，还在于多数人脑子中有这样一种认知逻辑。那就是如果我公开承认在一个事情上错了，那么别人可能怀疑我在其他事情上也错了，甚至在所有事情上都错了。这种顾忌并非全无道理。在人群社会中，人们确实容易产生这样由点及面、由事及人的联想和猜测。由此带来对一个人品质、能力的质疑乃至否定，往往让人难以承受。

人们也不是没有公开讲"我错了"的情况。这当中，真心实意承认"我错了"的人有限，多数人只是出于不得不如此的某些原因，把认错道歉作为平息事态、蒙混过关的权宜之计，其实口服而心不服。

大凡心智正常的人都不至于愚蠢到轻易去戳别人的软肋。与不肯认错的人相处，明智之举是尽量回避说及别人的错误之处。由于多数人不肯认错，所以人们形成一种不把是非对错分得太清、不把是非对错说破说穿的通行规则。

在人们看来，是非对错分得太清，很容易导致"错"的一方生出怨恨，进而"对""错"双方滋生嫌隙，造成难以弥补的感情伤害。人与人之间一旦心里有了疙瘩，冰释前嫌、重修旧好是非常困难的事情。如果人与人因此交恶，是非对错分得再清楚也得不偿失。

人们常说"清官难断家务事"。断事之难，不在于分辨事情本身的是非对错，而在于把是非对错说破说穿，摆到明面上来。一个家里面的事，细分起是非曲直来，不是老公错了就是老婆错了，不是儿子错了就是老子错了，不是母亲错了就是女儿错了，不是哥哥姐姐错了就是弟弟妹妹错了。无论错在谁，把事情说破说穿了，摆到明面上了，不仅做错事的人难堪，所有人都添堵。这种让大家都有点下不来台的状况，多数中国人避之唯恐不及。所以，清官不是断不清家务事，而是不想把是非对错分得太清，破坏一家人的和气。

在中国，难断的不止家务事，家庭以外邻里之间、朋友之间、同事之间的事，大凡曾交往的人之间起了纠纷，硬是要判个谁是谁非谁对谁错，都可能出现像断家务事那样让大家尴尬的情形。

中国人处理问题推崇以和为贵，在家庭内讲"家和万事兴"，在社会生活中讲和气生财、和气致祥。所谓"和"，就是要兼顾所有当事人，包括顾及他们各自的切身感受，当然也包括不因为是非对错分得太清而让有错的一方难堪。中国有很多老话，比如要懂得给人留面子，比如不要得理不饶人，比如四川方言"呵呵嗨吃得开"，等等，都意在告诫人们随时随处不能伤了和气。

《大戴礼记》讲"水至清则无鱼，人至察则无徒"，这里面有中国社会特有的逻辑。

中国人不是不讲是非对错。知对错、明是非，是每个中国家庭从小对儿女的训诫。但中国人讲明辨是非，着重在分清大是大非，在原则问题上态度鲜明。非原则问题，细枝末节问题，通常不在中国人所谓明辨是非的范围以内。做事认真在社会中处处受到欢迎，但是太较真，凡事都要分个是非曲直，又被看成心胸狭隘、小肚鸡肠，不招人待见。

中国人喜欢讲难得糊涂。难得糊涂不是不讲是非，而是大事不糊涂，小事装糊涂。

提出与某个人看法不同的意见，通常被视为是在指责这个人犯了错。修养好的人或许能礼貌地接受不同的意见，但礼貌之下未必不会把别人提出不同意见看成对自己的挑衅。多数人不肯认错，当然也不乐意面对不同意见。

为了尽可能避免和减少这种情况，中国社会形成了一种说话的"文化"。

　　无论在什么场合，当有人先讲出对人对事的看法，其他人如何接续着话题表达个人意见，都是十分讲究的一件事情。如果先说话的是身份地位在自己之下的人，那担心和顾虑可以少些，因为即便看法不同、意见相左也没有大碍。而如果身份地位在自己之上的人先摆明了看法，那表达意见就必须慎之又慎。在这种情况下公开讲出不同的看法、相左的意见，不仅会给其他人留下"冒犯尊长"的坏印象，而且很可能在尊长们的心里落下不快。

　　无论在大大小小的团队里，还是在各色各样的圈子中，大家聚在一起，比较正式地讨论问题也好，不那么正式地八卦闲聊也好，大凡围绕某个人、某件事打开话匣子，多数情况下都是身份地位高的人先说话。他们的看法，很大程度为话题的展开定了调。

　　照理而言，朋友之间应该推心置腹，知无不言。但实际情况却是，除极少数彼此互为知己的朋友可以做到外，意见看法相左常常让大多数人之间的友谊面临考验，甚至导致大家连朋友都做不成。为了维持亲密关系，不破坏彼此的感情，多数人即便持有与朋友不同的看法，也选择避而不谈。

　　除互为知己的朋友之间外，比较能讲真实想法、提不同意见的情况大约不外乎几种。一种是父母子女、兄弟姊妹、夫妻爱人之间，出于真心关爱而比较能讲真实想法、提不同意见。

一种是相互少有交集、彼此甚少关联的人之间，因为不必顾忌，反而比较能够讲真实想法、提不同意见。再一种是当团队面临生死存亡考验，大家为了生存而不得不讲真实想法、提不同意见。

对于多数人来说，即便下决心针对别人的看法提出不同的意见，也必定在表达上极尽委婉，想方设法做到既表达了个人意见又不伤及别人的面子。其委婉的态度，体现在内容的轻重缓急、先后主次上，体现在字词的推敲斟酌、选择取舍上，也体现在说话的语气、神态上。所以必须善于抓住并甄别那些似是而非的字眼，善于观察并理解那些稍纵即逝的神情，善于捕捉并领会那些意味深长的语气乃至有意无意地停顿，才能真正明白人家究竟想说的是什么。

不夸张地说，在不同场合都能真正听懂别人的真实想法，算得上是了不起的本领。而如果还能进一步做到让别人能对你心甘情愿地、直截了当地讲出自己的真实想法和不同意见，那更是巨大的人生智慧。

"面子"与"点子"

人们常常被事物的表象吸引、打动乃至震慑。凡事要让人们相信乃至服膺，首先要有那个样子，必须有那个样子，至少要摆出那个样子，有模有样，像那么回事。

中国古代的官殿，是帝王所在之处，中国古代的衙门，乃朝廷所在之处，必须讲究门面，建得高大巍峨，足以对人们施加心理上的影响，让人不由得生出敬畏之心。

中国古代的司法制度规定，审案时要喝堂威、拍惊堂木、竖"回避"和"肃静"牌。地方官升堂审案，升大堂必须穿戴朝服，升二堂一般穿戴公服。对人们而言，这些程序严苛繁复的仪式，并不是无用的摆设，而是代表着朝政的庄严肃穆和法律的神圣权威。

朝廷要有朝廷的样子，要讲官威，官员要有官员的样子，要讲仪容。相貌堂堂、五官端正者容易被视作有真才实学之士，

"语不惊人，貌不压众"者常常被看成不堪大任的平庸之辈。

虽然有"人不可貌相，海水不可斗量"的谚语，但社会中多数人实际上习惯于以貌取人。这个"貌"，除了天生的相貌，也包括穿戴装束用具等。总之，就是要有那个排场。因为这个原因，无论达官贵人还是平头百姓，都不同程度地喜欢讲排场。

今天，穿什么衣服、开什么车子、去哪里吃饭，等等，常常与一个人是不是成功、值不值得相信、说的事是真是假联系在一起。

"人要衣装，佛要金装"，但着了金装的未必就是真佛。"假作真时真亦假，无为有处有还无。"很多骗局因此而得以大行其道。

任何事物既有内容也有形式。不存在无内容的形式，也没有无形式的内容。内容决定形式，形式服从内容。脱离内容做面子活路、表面文章，即常说的搞形式主义。

常说想问题要想到点子上，做事情要做到点子上。所谓想到点子上、做到点子上，就是要善于抓住本质、抓住重点、抓住要害。在处理应对多种因素交织的复杂问题时抓不住本质，抓不住重点，抓不住要害，其结果只可能是在远离事物本质的边缘地带，一厢情愿地做筛边打网、无关紧要的面子活路、表面文章。

热衷于搞形式主义，做面子活路、表面文章的人，其认识不可谓不到位，态度不可谓不真诚，行动不可谓不积极，工作不可谓不上心，付出不可谓不辛苦，都不是故意逃避承担责任，存心要做无用功。他们的问题归根结底出在能力欠缺，即思维的全面性、系统性、综合性不足，导致想问题想不到点子上，做事情做不到点子上。

克服形式主义，特别需要在增强思维的全面性、系统性、综合性上下功夫。这绝非一朝一夕之功，对中国社会是任重而道远的课题。

"情"与"义"

在中国人的世界中,在人与人的互动中,情义占有非常重要的地位。中国人崇拜的英雄,都是有情有义之人。只讲利益而不讲情义,在中国通常行不通。

情义包括"情"和"义"两个方面。所谓"情",是外界事物引发的人的喜怒爱憎等心理状态。所谓"义",是人的行为举止公正合宜。两个方面综合起来,中国人讲的情义,一般是一个人对其他人采取基于相互关系应有的行为和态度。

比如,在家庭当中,子女孝顺父母,父母怜惜儿女,夫妇之间彼此担待、相互体恤,兄弟之间、姊妹之间彼此照顾、相互扶持,都是应有的情义。

人与人之间的关系从家庭扩展到家族,从家族扩展到亲族,从血亲、姻亲扩展到社会,亲戚之间、邻里之间、师生之间、长幼之间、朋友之间、同学之间、工作搭档之间、领导下属之间、生意伙伴之间等等，总之彼此发生关系的两个人，一方出于社会多数人对相互关系约定俗成的理解，对另外一方所采取的态度，所表现的行为，即情义。

所以，讲情义首先在于按照通行的伦理道德规范，履行由相互关系所约定的义务。

《礼记·曲礼上》有言："往而不来，非礼也；来而不往，亦非礼也。"对中国人来说，讲情义讲的是你情我愿、礼尚往来，讲的是相互付出、双向互动，讲的是你怎么对我、我就怎么对你。

滴水之恩、涌泉相报，结草衔环、执鞭坠镫，投我以木瓜、报之以琼琚，讲的是你敬我一尺，我敬你一丈。你既薄情寡义就不能怪我无情无义，你对不起我在先就休怪我无礼在后，你不仁我不义，讲的是以其人之道还治其人之身。

总之，中国人讲情义，不管是对由先天血缘所注定的关系人，还是在共同经历中结成的关系人，还是由个人意愿所缔结的关系人，都遵循对等原则。这是读懂中国人情义世界重要的一点。

中国人讲情义，还讲小道理服从大道理。常说忠孝难以双全，当必须在家与国、为父母尽孝和为国家尽忠之间二者选其一的极端情形下，中国伦理道德倡导国而忘家，舍小家为大家。中国人讲情义，最高的层次是坚守国家民族大义而不计个人得失。

在中国，人们习惯于把"对事"与"对人"联系起来，视自己与其他人之间情义的有无厚薄，在同样的事情上采取因人而异的态度。

比如对某些单位的员工来说，虽然在岗就要做事，但是具体怎么做，功夫下到哪种程度，积极主动还是消极怠工，认真负责还是应付交差，勇于担当还是推诿责任，常常与员工和领导之间情感上的亲疏远近，与"为谁做事""为谁效力"有着密切的关联。对喜欢的领导尤其是对自己有栽培之恩的领导，自然会竭尽所能、全力以赴，而对不喜欢的领导就难免敷衍了事。

人们常说"人心都是肉长的"，意思是人都有感情，得人心不止于得到思想上的认同，还必须得到情感上的认同，情感认同的力量很多时候更甚于思想认同的力量。

有一句歇后语叫"一个锅里吃饭——不分彼此"。一家人吃一个锅里的饭，兄弟姊妹由吃一个锅里的饭结下的情感，在人们心中自有其特殊的分量。这是中国自古以来朴实而微妙的社会逻辑，值得在上位的人用心体会并躬身实践。

中国人常讲，情义大于天，黄金有价情义无价。四川有句方言"人对了飞机都可以刹一脚"。中国是一个人情社会，不深刻理解情义这种东西，读不懂中国人，读不懂中国社会，无法走进中国人的心灵世界，无法洞悉中国社会的内在密码。

中国人还常讲，规则是死的，人是活的。这话不乏积极意义，有利于鼓励人们发挥主观能动性，结合实际对规则加以创造性地运用。但在很多时候，这句话沦为了有些人在执行规定中钻空子、开方便之门的托词。

凡事因人而异，对不同的人采取不同的标准，必然导致公共政策在付诸实施中出现变形走样。掌握公共权力的人利用规则的弹性和所拥有的自由裁量权，为少数人谋取利益，曲解规则，甚至明目张胆地践踏规则，伤害大多数人的利益，危及社会公平正义，深为人们所诟病。

"命"与"运"

多数中国人或多或少相信"死生有命，富贵在天"，热衷于探究命运。

命运的观念在中国源远流长。早在殷商时期，人们已经习惯在做某件事前，先占卜一下天意如何。在古人看来，人的富贵贫贱、吉凶祸福、死生寿夭，无一不取决于冥冥之中非自身所能把握的一种力量，即命运。

这种原始的、朴素的观念在后世流传中，经过吸收人们从其他维度切入而建立的思想认识和积累的经验知识，进一步渗透融入大多数人日常生活的方方面面，内容不断充实拓展，话语表达更加理论系统，演化发展成庞杂丰富、蔚为大观的命运学说，深刻影响、深度塑造了中国人的精神世界。

在中国民间，流派众多的命运学说，提供了预测命运的不同方法技巧。比如八字算命、干支算命、卜筮算命、五行算命、风水算命、看相算命、占星算命、生肖算命、测字算命、求签算命等等。以看风水为例，还可以细分为看房屋风水、看家居风水、看坟地风水等等。以看相为例，还可以细分为看面相、看手相等等。

很多自然现象和社会现象，被人们视为可以透露事物走向、个人命运的"征兆""兆头"，加以众说纷纭的解释。于是在成体系的学说之外，增加了成千上万预测命运的方法。

命运是"命"与"运"两个不同概念的组合。这里所谓命，指先天所赋的本性；这里所谓运，指人生各阶段的穷通变化。命为定数，运为变数；命论终生，运在一时。就是说命与生俱来，好命坏命难以改变，运有顺逆起落，可以转换。

所以，常讲的"算命"是笼统的说法，实际上包括洞察不变的"命"和揭示变化的"运"两个方面。无论哪个方面，都为了通过预知吉凶祸福，实现逢凶化吉。

少数智慧超群的人洞悉所谓命运不过是个体具有的条件和环境提供的条件共同作用而生成的因缘际会，也即是说，你是什么样的人，处在什么样的环境中，自然会有什么样的人生。

而多数人选择相信命运，也许是置身在不尽如人意却又无力加以改变的环境中，说服自己接受现实，实现与自我和解、与环境和解,从而安顿好自己的一种生活哲学。

或者可以这样来理解,面对人与人之间不啻天上地下乃至天堂地狱般的差距,要一个人彻底否定自己,承认"我很笨",承认"我很孬",承认"我很不堪",对于中国人通常都难。与此同时生活还要继续下去,保护好对自己的信心,保护好对未来的希望,任何时候都非常重要。如果造成人与人不同的原因在命运、定数之类的客观因素上,那么就可以回避从自身方面找原因。这对人是一种巨大的"安慰"。

"玉"与"月"

中国人很早就与玉结下了不解之缘。《礼记》讲,"古之君子必佩玉""君子无故,玉不去身"。古人佩玉的历史非常悠久。从考古发掘看,红山、良渚、金沙、殷墟等文化中均有佩玉发现。到战国秦汉时期,古玉发展至前所未有的高峰。

在人们看来,玉代表着君子的品德。《诗经》有语:"言念君子,温其如玉。"《礼记》记载,孔子说"昔者君子比德于玉",他认为玉象征着君子所具有的仁、智、义、礼、乐、忠、信、天、地、德、道十一种品德。

据传系西汉刘向所撰的《五经通义》讲:"玉有五德:温润而泽,有似于智;锐而不害,有似于仁;抑而不挠,有似于义;有瑕于内,必见于外,有似于信;垂之如坠,有似于礼。"

东汉许慎在《说文解字》中解释:"玉,石之美。有五德:润泽以温,仁之方也;䚡理自外,可以知中,义之方也;其声舒扬，专以远闻，智之方也；不桡而折，勇之方也；锐廉而不技，洁之方也。"

中国人喜欢把玉的品质与人的品性联系起来看。这是中国文化特有的现象。

"玉"在汉语里通常代表着洁白、温润、坚韧、美好。包含"玉"的词语大多属于褒义，比如冰清玉洁、亭亭玉立、玉树临风、守身如玉、玉成其事等。

中国人喜爱色彩朦胧的玉，而西方人喜爱光彩夺目的黄金。

"金"在汉语里通常代表着尊贵、喜庆、持久、坚固。包含"金"的词语也大多属于褒义，比如金童玉女、金风玉露、金声玉振、金玉满堂、金玉良缘等。人们还用"浪子回头金不换"形容一个人改邪归正的难能可贵。但两相比较，"黄金有价玉无价"道出中国人对玉的喜爱明显远远超过对黄金的喜爱。

玉石圈中有句话，"人养玉三年，玉养人一生"。所谓"人养玉"，是指经过长时间的佩戴把玩，人体分泌的油脂进入玉石的空隙、毛孔中，使玉石变得更加温润细腻、光泽通透。所谓"玉养人"，并非指玉对人有特殊的保健作用，像有人所说的玉石中的微量元素被不断吸收到人体之中，而是说一个人如果能够养成玉所承载的美好品德，那么做人做事将无往而不利。正如人们所说："穿金显富贵，戴玉保平安。"

据说西方人对黄金的喜爱与太阳崇拜密切相关。西方很早就有太阳崇拜。因为黄金与太阳一样散发着神秘的光芒和色彩，所以西方人认为黄金是太阳的化身。在古埃及人的眼中，黄金是"可以触摸的太阳"。

据说中国远古也有过太阳崇拜，但后来慢慢转变为对太阳的抗争。后羿射日的传说或许正是这种转变的象征。进入文明时期，中国人一直喜欢月亮多于太阳。在中国文化中，花好月圆代表温馨美好。至今盛行的中秋节尤其体现了中国人的团圆情结和月亮崇拜。

虽然希腊神话中有月亮神阿尔忒弥斯，但总的来说西方人对月亮不那么喜欢。在西方影视剧中，月圆之夜也是异类现形之时，吸血鬼、狼人、僵尸在古老神秘的魔力驱动下，四处游走。

中国民间流行"抓周"的习俗。新生儿周岁时，大人将印章、书本、算盘、钱币、书籍等各种物品摆放在孩子面前，任由抓取，视其先抓何物、后抓何物，以此预卜幼儿将来人生方向。如果先抓了印章，则谓长大以后官运亨通；如果先抓了书本，则谓长大以后学有所成；如果先抓了算盘，则谓长大以后善于理财等。

刚满周岁的孩子，在"抓周"仪式中抓什么不抓什么纯属偶然，未必真的能够预卜其前途命运。而中国人在长久的岁月中，经过无数比较选择，最终从众多的事物中挑出某一类事物，经久不衰地投入喜爱,一代人接着一代人地延续着喜爱,则绝非偶然。中国人对玉的偏爱,对月亮的依恋,与西方人对黄金的痴迷,对太阳的崇拜,都不是偶然的,这呈现出中国文化崇尚柔和中性、温润淡雅、含蓄内敛和西方文化崇尚热烈奔放、明艳动人、张扬外向的特点。

直觉思维

中国人擅长凭借自己的感知、印象、领悟来把握事物。

许慎《说文解字·序》说："仓颉之初作书，盖依类象形，故谓之文；其后形声相益，即谓之字。文者，物象之本；字者，言孳乳而浸多也。"由此可见，"文"指的是像其形体而造的独体字，"字"指的是在"文"的基础上滋生的合体字。从通行的六书分类法来看，象形和指示类的汉字属于"文"，会意和形声类的汉字归于"字"。以"象形"为基础的汉语造字之法，是中国人长于直觉思维的典型表现。

书画同源。中国传统绘画早期从应物象形起步，后来受言志表情的美学精神影响，从写实演变为写意。从唐代张彦远讲"意存笔先，画尽意在"，到宋代苏轼倡导以画达意、以诗适情，再到元代倪瓒提出"聊以写胸中逸气"，对"意"的表达长期是中国画最重要的特质。而"意"即直觉。相比之下，西方传统绘画注重写实，为了达到把眼中所见的物"像真的一样"呈现出来，讲究明暗的转折关系、色彩的对比与协调规律、透视原理与解剖结构。两者有着明显不同的风格。

读欧美人的著作，有一个明显的感受，那就是尽可能按照事物呈现于人的样子加以描述。这不是说作者和描写对象之间没有关联和互动，而是对于彼此关联互动的描写，清晰地分出了人与我、物与我的界限。作者对自己在认知事物过程中的主观感受，也都尽可能本着客观、真实的态度来加以说明。可以说，西方人对事物的描述，像西洋画一样，体现一种写实的风格。

中国人则大不相同。我们描述某个事物，常常把事物本来的面貌和我们对事物的观感混合在一起。有时候把自己的情感投射到事物身上，通过对事物的描写来表现情感；有时候把对事物的印象吸纳在自己身上，通过抒发情感来展现事物的面貌。汉语的字里行间，描述者和所描述对象之间通常你中有我、我中有你，人与我、物与我水乳交融，让人分不清楚哪些描述属于作者的主观感受，哪些描述属于事物的本来状况。因为喜欢或者厌憎，同样一个事物在不同的人眼里呈现不同的状态，不同的人有不同的说法，情人眼里出西施，仇人眼里出小人，各种说法相去甚远甚至截然相反。可以说，中国人对事物的描述，像中国画一样，体现一种写意的风格。

长于直觉思维给中国文学艺术打上了深刻的烙印。中国传统的文艺批评理论,包括"以形写神"说、"滋味"说、"韵味"说、"神与物游"说、"妙悟"论等,都讲究意境,推崇物我交融、浑然天成的审美情趣。

严羽在《沧浪诗话》中讲:"盛唐诸人惟在兴趣,羚羊挂角,无迹可求。故其妙处,透彻玲珑,不可凑泊,如空中之音,相中之色,水中之月,镜中之象,言有尽而意无穷。"

后来王国维在《人间词话》中也说,"有有我之境,有无我之境""有我之境,以我观物,故物皆著我之色彩。无我之境,以物观物,故不知何者为我,何者为物"。

文艺家致力于通过将自己置于对象之内,在情景交融、虚实相生、物我同化中,表现和传达所思所悟,达到一种能令人真切感知、玩味无穷却又难以明确言说、具体把握的艺术境界。这个创作过程,即朱熹所言"置心在物中,究见其理"的过程,也即运用直觉思维的过程。

儒、释、道三家都重视直觉思维的运用。

从先秦时期孔子讲"默而识之",曾参讲"知止而后有定,定而后能静,静而后能安,安而后能虑,虑而后能得"。孟子讲"尽心知性"。到宋明时期程朱讲"格物致知",陆王讲"求理于吾心",都体现和贯穿着对直觉思维的运用。

梁漱溟说,"孟子所说的不虑而知的良知,不学而能的良能,在今日我们谓之直觉""此敏锐的直觉,就是孔子所谓仁"。

贺麟进一步指出，"陆王所谓致知或致良知，程朱所谓格物穷理……是探求他们所谓心学或理学亦即我们所谓哲学或形而上学的直觉法""朱子与陆象山的直觉方法，恰好每人代表一面。陆象山的直觉法注重向内反省自己的本心，发现自己的真我。朱子的直觉法则注重向外体认物性，读书穷理"。

《道德经》开篇即讲"道可道，非常道；名可名，非常名"。在道家看来，作为宇宙本体、世界本原的"道"不可闻见、无以名状，只能靠直觉加以把握。庄子所倡导的"心斋"和"坐忘"，即通过在内心虚静状态下发挥直觉的作用，达到对"道"的感知、领悟和体验。

佛教修行讲究由戒生定、由定生慧，这也是强调在内心虚静状态下发挥直觉的作用。所谓"般若"，其实也就是一种直觉思维。佛家认为，拥有了"般若"智慧，进而可以在此基础上修成更高的智慧，最终达到一览无余地洞察真理的状态。禅宗提出"直指人心""明心见性"的"顿悟成佛"主张，更是把直觉思维发挥到了极致。

中国人喜欢谈"悟性"。人们经常评论某某人悟性高，某某人悟性低，比如讲"这孩子有悟性，一点就通"，比如讲"再怎么也学不会，一点悟性都没有"。所谓悟性，指一种能够见微而知著、闻一而知百，善于迅速地、准确地认知理解事物的能力，说到底也就是运用直觉把握事物的能力。

英语中很难找到意思上能够与"悟性"精确对应的词。中文里面，"慧根""灵性"可能算得上是与"悟性"意思最相近的词。

不少汉语成语，比如恍然大悟、幡然悔悟、大彻大悟等，茅塞顿开、醍醐灌顶、豁然开朗等，以及情急生智、灵机一动、灵光乍现等，分别反映了人们运用直觉思维认知理解事物的不同情况。

直觉思维主要借助主观感受认知事物，难以避免地会有随意性。

比如难以建立标准和流程。川菜中有道久负盛名的回锅肉。这道菜的做法虽然大厨都知道，但在不同的师傅那里，选什么样的肉、煮到几成熟、用什么豆瓣酱、熬到什么火候、搭配蒜苗还是青椒、荤素各占多少等，全由个人把握，不像肯德基、麦当劳那样严格遵照一套标准化的流程来操作。结果同样一道回锅肉，有多少个师傅，就有多少种风貌，就有多少种口味。即便是同一个师傅做出来的回锅肉，由于个人情绪、状态不同，口味咸淡、滋味厚薄也有不小的差别。这种情况在川菜各个菜品中，在中国的各大菜系中，在中国各种传统工艺中，都是普遍的现象。

古中国与古印度、古希腊同为逻辑学的发祥地，但是在后续发展中，逻辑学未能在中国发展成为独立学科，逻辑思维没有成为中国人思维方式的主流。

中国人偏向于直觉思维，西方人偏向于逻辑思维。直觉思维主要借助直观感受认知事物，逻辑思维主要通过概念、判断、推理认知事物。中国人遇到事情通常直接思考"怎么办"，习惯于在解决实际问题上下功夫。西方人遇到问题往往首先追问"为什么"，习惯于在探究事物的原理上下功夫。

直觉思维长于突破认识的程式化，以高度凝练的方式从总体上把握事物，但与此同时有着神秘、偶然、模糊、不可靠等特点。在文学艺术等领域，这些特点未必算是缺点。而在自然和社会科学领域，如果缺乏建立在逻辑思维之上的"小心的求证"，那么由直觉思维获得的"大胆的假设"，不仅无法转化为有效的认知，而且很容易流于妄想，酿成经验主义、教条主义错误。

不仅如此，直觉的产生与信息的刺激、知识经验的积累密切相关。一般来说，一个人知识经验的丰富程度，与其直觉的准确程度成正比；知识经验越丰富的人，直觉思维水平越高，直觉判断更有价值。而信息的加工、知识的储备和经验的概括提炼，都以逻辑思维为基础和前提。

世界历史的演进中，在已知的大部分时间内，古代中国的发展水平总体上领先于包括西方在内的其他区域。进入近代，西方对事物原理的探索推动科学技术快速进步、工业革命迅猛兴起，深刻改变了世界的面貌，也导致西方在发展上反超中国。科学技术进步建立在对客观事物的分析以及认识手段不断更新的基础之上，也即建立在运用和发展逻辑思维的基础之上。

对此有人感叹说，早在公元前1000多年，中国的商高发现了"勾三股四弦五"的现象，但是勾股定理作为定理被证明，却由古希腊的毕达哥拉斯完成。在科学的诸多领域，都有中国人发现了现象，但最终是西方人证明了原理的情形。

近代中西文化的碰撞，背后是直觉思维和逻辑思维的碰撞。经过从鸦片战争后被迫向西方学习到新中国成立后主动向西方学习，中国跟上世界发展浪潮，不仅建立了现代化的制度体系、产业体系、市场体系和科学技术体系，而且走上了自主创新之路。这个过程，是中国人充分展现其直觉思维在学习能力、模仿能力、整合能力方面所具有的独特优势的过程。这个过程，同时是中国人从被动到主动地培养锻炼逻辑思维能力的过程，也是中国人从不自觉到自觉运用逻辑思维分析解决问题的过程。走过这个艰辛而又缓慢、痛苦却也欣喜的过程，中国人正在点点滴滴、由浅入深地理解和掌握逻辑思维。

作为人类认知的两种主要思维方式，逻辑思维和直觉思维如车之双轮、鸟之两翼。实践证明，人的思维方式并非不可改变，而是可以通过被动性的适应或者主动性的接纳进行改进和提升。

善加利用由改革开放开启的对外交流的大环境，中国人在对比中看到差别找到差距，知不足而自反，知不足而后学，知不足而后强，如梁启超所说"淬厉其所本有而新之""采补其所本无而新之"，富有灵感的直觉和有所约束的逻辑两种思维方式，在中国人头脑中同样会相得益彰。

"随便"的背后

中国人喜欢说"随便"。问他吃点什么喝点什么，去哪些地方看点什么耍点什么，日程怎么安排，事情怎么处理，都说"随便"。然而，当人家把饭菜安排了，行程安排了，说"随便"的人难免又觉得事情没有办好，性格沉稳的人嘴上不说，但心里的不满别人可以感觉出来；心直口快的人会火冒三丈地发作出来："怎么有你这样办事的？""会不会办事？"

由此可见，这些人说"随便"，并不全为了客气、礼貌和谦让，为了不给人添麻烦，为了表示对别人的尊重，有时是自己没有把事情想清楚。事先根本没有把事情想清楚，临到头又觉得不是自己希望的那样，这种事情在我们周围随时大量发生。夫妻之间、父母子女之间、朋友之间、同事之间，常常因为先说了"随便"后来又不能将就，各执一词各讲各理，闹出很多不愉快。

没有人是可以被"随便"对待的，当别人说"随便"时，不能轻易信以为真。同时，也应该学会体谅那些说了"随便"却又没法接受"随便"的人。绝大多数情况下，这些人不是有意找碴或故意下套，而是事先确确实实没有想清楚。

社会上有不少喜欢"骑墙"，即如人们所说脚踏两只船的人。这些人中有的善于"骑墙"，即他们想清楚事情后，把"骑墙"当作一种生存术，一种达到个人目的的手段。明朝人李卓吾讲："世间道学，好骑两头马，喜踹两脚船。"多数人其实是因为没办法把事情想清楚，所以临事不决、举棋不定。

在国人的日常表达中，除了"随便"，"莫名其妙"也是使用频率很高的一个词。"莫名"者，不可言状也，无以言表也，无法付之于语言也。事情是什么样子，事物是什么面貌，自身是什么看法，知之为知之，不知为不知，照理说都可以给出客观真实的描述，为什么会说不清道不明呢！

之所以说不清道不明，原因是没有想清楚，对面临的状况，需要解决的问题，没有建立自己的认识和理解，无法作出有把握的判断。

最说不清道不明的，是人自己真正想要的是什么。因为不清楚个人的需要，所以往往通过看别人有什么来确定自己想要什么。

《史记·高祖本纪》记载："高祖常繇咸阳，纵观，观秦皇帝，喟然太息曰：'嗟乎！大丈夫当如此也！'"

《史记·项羽本纪》记载："秦始皇帝游会稽，渡浙江，梁与籍俱观。籍曰：'彼可取而代也。'"

当时名不见经传的小人物刘邦和项羽，对标秦始皇确定了自己的人生奋斗目标。

与他们同时代的陈胜，则降低标准以"王侯将相"为参照目标。《史记·陈涉世家》记载："陈涉少时，尝与人佣耕，辍耕之垄上，怅恨久之，曰：'苟富贵，无相忘。'佣者笑而应曰：'若为佣耕，何富贵也？'陈涉太息曰：'嗟乎，燕雀安知鸿鹄之志哉！'"后来在大泽乡起事，他动员众人说："且壮士不死即已，死即举大名耳，王侯将相宁有种乎！"

五代后晋人窦禹钧五个儿子相继科举及第、功成名就，被誉为"五子登科"。后人则以不同版本的"五子登科"，折射出渴望将财富、权力、地位、名誉、智慧、美色等，举凡人世间一切美好的东西，囊括为己所有的占有冲动。"普天之下，莫非王土；率土之滨，莫非王臣。"在古人看来，应有尽有、无所不有、一切愿望都能满足的只有皇帝。"皇帝轮流做，明年到我家。"可见有些人最羡慕最向往当皇帝。

有了什么好处都不愿落下的心态以后，但凡别人在哪方面胜过自己，无论金钱、权力、地位，无论学识、能力、口碑，不管别人拥有的东西是不是自己想要的，也不管别人为什么能胜过自己，某些人都会感到不舒服。

喜欢攀比，嫉妒心强，很重要的一个原因是没有想清楚自己真正想要的是什么。

初唐人王梵志有首诗写道："他人骑大马，我独跨驴子。回顾担柴汉，心下较些子。"后来有人根据这首诗编成一则顺口溜："世人都说路不齐，别人骑马我骑驴，回头看看推车汉，比上不足下有余。"用"比上不足，比下有余"劝慰人知足常乐，当然不乏说服力，但凡事都要跟人比，终归不是正本清源之法。每个人过自己的日子，重要的是想清楚自己想要怎么过，重要的是自己感到惬意，不需要通过与他人比较找满足感。

有时媒体爆出的一些官员贪得无厌、欲壑难填的案例，很多人觉得不可思议：要那么多钱做什么呢，要那么多不仅自己花不完而且子孙几代人都花不完的钱，有什么用呢？在他们看来，能够走上领导岗位的人都是人群中的佼佼者，不应该犯这样的糊涂。

原因当然是多方面的，但是说一千道一万，归根结底是这些人没有想清楚自己想要的究竟是什么，自己的日子究竟该怎么过。没有想清楚这些问题，其结果必然是什么好处都不愿意落下，什么好处都想捞，任由本能支配着，在千方百计满足个人欲望的路上越陷越深、越走越远。

从欲望、心理等构成人性的深层次因素来看，在掌控欲望、自律这些基本的人生修养方面，社会精英们未见得比普通人更高明。与此同时我们也应该扪心自问：自己是不是就把这些问题想清楚了？当我们义正词严地谴责各种贪腐现象的时候，是不是同时夹杂着艳羡的念头，或因为没有机会那样做而加重了深恶痛绝的程度？

"好责人者，自治必疏。""五十步笑百步"的故事，很可能正在我们自己身上上演。

老子讲"知人者智，自知者明"。隋朝哲学家王通讲"自知者英，自胜者雄"。人保持自知之明，首先在于基于个人拥有的各方面条件，清楚地知道自己想要什么。

因为没能把问题想清楚，所以就谈不上主见。

一般情况下，有主见的大约有两类人。一类是真正把事情想清楚的人，他们属于人群中的少数。另一类是虽然没有把事情想清楚，但是凭感觉选了个说法来相信和坚持，他们是理想主义者、完美主义者、教条主义者，或各色各样的极端主义者。相比之下，多数人缺乏主见。因为没有主见，所以只能"随大流"，跟着他人尤其是众人的看法走。

多数人做什么以及怎么做，常常要考虑其他人作何反应，甚至可以说很大程度上是为了做给别人看。这并不是因为这些人虚假、伪善，而是因为想取悦他人，以所作所为赢得他人的肯定是他们的本性。对他们来说，自己说好不算好，别人说好才是好。

一般人对于众人的看法总是缺乏足够的免疫力，整个社会充满从众心理。在人们看来，选择与多数人保持一致，有好处可以利益均沾，有损失自己不会比别人失去更多，即便酿成严重的后果，还有法不责众的不成文规则确保个人不会因此而受到严厉的惩罚。总之，尽管从众未必是最佳的选项，但一定不是最坏的选项。

如同害怕孤独、逃避独处一样，人们总是想方设法地不让自己处在与多数人不相一致的境地，在依附于众人中找到安全感。

缺乏主见和从众心理，共同制造了中国舆论场从古以来反复上演的一幕情景：当有人对某种说辞抱相信的态度，当越来越多的人抱相信的态度，尤其是当社会精英们也抱相信的态度，那么不管说辞本身是否真实和正确，想要不被人们相信都难。

"三人成虎"的记载古已有之；众口积非成是、流言颠倒黑白的事情常有发生。社会信息传播的特点被别有用心的人加以利用，造成各种真真假假、虚虚实实的说辞，夹杂在丰富的、夸张的情绪中大行其道。

今天的网络空间，一些以或添油加醋或偷工减料方式合成的不实信息，引发言论风暴，造成很多问题，加重社会正常运转的成本。这种情况与历史上飞短流长、妖言惑众的事例如出一辙。

因为没能把问题想清楚，人们常常把不同的事情搅在一起，难以划出清晰的边界。

比如对行为的动机和方式缺乏明确的区分，认为只要动机是好的，即便方式欠妥也可以原谅。日常生活中，人们常常用"人家也是为了你好""初衷还是好的"之类的话，劝慰人原谅别人行事不当造成的伤害。用合理的动机为方式的不当开脱，其结果是为有些人做事不择手段开了方便之门。

比如把平台赋予人的能量当成个人的能力。这方面最典型的事例，是身居高位既久的人，很容易不知不觉地把岗位赋予的权力和个人的能力等同起来，以为自己的能力水平理所当然地处在所在层级的高度，产生一切都在自己掌控之中的错觉。

众所周知，国与国之间疆界划分不清，很可能因领土争端引发冲突甚至战争。管理部门之间事权划分不明确，很容易因为推诿扯皮酿成混乱。人与人相处同样如此。模糊人与人之间应有的界限，会给这个社会中的人际相处造成极大的困扰。

国人常用"亲密无间""不分你我"来形容两个人关系非常密切。这恰恰道出了多数人处理人际关系的问题所在。因为"亲密无间""不分你我"，所以常常把自己的分内之事当成他人的应尽之责，同时又动不动就为他人当家做主。本来该由自己独立承担的事，如果觉得应该站出来为自己分担的人没有及时伸出援手，就会在情感上积下埋怨。把别人的事当作自己的事来对待和处理，如果人家不买这个账，自己会在心理上感到委屈。滋生了这些埋怨和委屈，彼此相处就变得别扭了。

不少现实版的爱情故事、友谊故事，以一见如故开端，以形同陌路结局。在相互吸引的阶段，双方沐浴于美好感情之中，忽视了由不分你我、界限不清带来的纠缠和困扰，等到热情消退，各种纠缠和困扰凸显出来，把彼此关系带入僵局死局。

在人际关系上划不清界限，还表现在喜欢把互不关联的不同关系整合叠加在一起等而视之。比如从常理来说，做生意是为了赚钱。但有些人做生意，除了考虑能否赚到钱，他们还要看彼此是不是投缘，脾气对不对路，能不能交成朋友。如果感觉不是一路人，宁愿不赚钱也不做这笔生意。

做生意不是交朋友。在市场化的商业关系、合作关系之外，硬要把朋友关系叠拼上去，人际关系就变得不那么简单了。

小时候在老家，我常跟着母亲上街买菜，在街边上不止一次见到过这样的场景：有些摊贩碰到挑三拣四的买主，会用"你到底买还是不买哦"之类的话数落买主，买主马上用"你卖东西难道不准人家挑吗"回敬摊贩，言语上这样你来我往，双方的嗓门越来越大，口气越来越差，情绪越来越激烈，最终吵得个不可开交。当买主把挑选的菜扔回菜筐拂袖而去，摊贩也会怒气冲冲地说，"就没见过你这样子的买主，我还不想做你的生意呢，做哪个人的生意都可以，就是不做你这种人的生意"。

这当然是极端的例子，但很能说明一部分生意人的心态。

想要彼此相安无事，必须找准定位，在人与我之间划出清晰的界限。亲兄弟明算账，所谓"明算账"，就是你是你、我是我，相互之间有清晰的界限。君子之交淡若水，所谓"淡若水"，不是无情无义，不是不讲利益，而是相互之间有清晰的界限，关系如水般明明白白、清澈透亮。

除了缺乏应有的界限，在人际关系的处理上跟着感觉走，也是很多人常处在含糊不清的状态的一种表现。

这里所谓跟着感觉走，即是用彼此相处中个人的感受，尤其自己单方面的心理舒适程度，代替对相处对象的客观认知和判断。其结果是对相处对象，朋友也好，恋人也好，甚至夫妻也好，都未有真正的了解。这主要不是对履历表所列示的籍贯、家庭、社会关系、学习工作经历等事项不了解，而是对活生生的人本身，对一个人的性情人品、生活习惯、思想倾向、为人处世等茫然无知。

中国人历来向往两个人相处下来能"情投意合"。"情投意合"并不意味双方对事物的认识达成一致，而常常是过滤掉对各种事物的具体看法，直接在情绪上对路、心意上合拍。无论情绪还是心意，包括中国人常讲的心有灵犀、两情相悦、心心相印等，说到底都是感觉。在有了这种感觉之后，究竟彼此达成的共识是什么，往往不得而知。

为了维系人际关系的热度，不让彼此感觉变淡，人们需要不断下功夫做联络感情、经营感情的工作。即便如此，还是有很多彼此关系亲密的人互相抱怨对方疑心病重，对人缺乏应有的信任。有人以为多疑是性格问题、心理问题，其实它是一个认知问题，因缺乏坚实的、确凿的、充分的认知而不得不怀疑。想想吧，对一个人的真实状况都搞不清楚，对一个人究竟是个什么样子的人都心中没数，你能够信任的是什么呢，又怎么会不起疑心呢！

"生"与"死"

在决定某种人之所以成为此种人而没有成为别种人的多种因素中，对生命本身持何种态度，较之于认知方式、行为习惯等，可能是更具原初性、本质性的因素。这种态度与人的人生观、价值观等相互关涉、互有交叉，却又各有侧重、不尽相同。

总的来讲，中国人热爱生命，珍惜生命，眷念生命，以一种含蓄而热烈、柔软而坚韧的方式对待生命。这是他们与生俱来的本能，是一种植根在天性中的最本真、最朴素的信念。

中国人总是把个体生命放在群体生命的接续之中进行思考，探寻其存在的意义和价值。在人们看来，群体生命的接续就像一条绵延不绝的河流，每一代人处在其中的一段。守护好这条河流，不让它干涸断流，让它更加充满力量地继续朝着远方浩荡奔腾，是每一代人当然也是每个人的本分。

从这种对生命的最基本的理解出发，中国人认为，人来到这个世界，总要努力做点什么。志存高远者，追求以立德、立言、立功兼济天下，造福苍生，泽被后世。大多数普通人追求经营好家庭，一生大部分时间围着家庭转，为赡养父母、养育子女辛苦操持。

虽然人们由于资质的高低、抱负的大小而各有其追求，但不同的追求不约而同地体现了一种自加责任的品质。更重要的，这种自加责任不是为自己，而是为了自己所在的从家庭、家族到社会、国家这些大小不等的群体。用中国人的话讲，就是要守先待后，要承上启下，要继往开来，要"不败祖宗业，更为子孙谋"。

总之，在中国人看来，如果个体生命不能融入群体生命的接续之中，那么它就没有意义，没有存在的价值，所以人生在世不能只为自己考虑，只图自己安逸，而应该努力为群体的生存延续尽己所能。

西方人大多认为，每个生命本身就是目的，活着就是为了发展个性，追求个人幸福，享受生之乐趣。认知上的巨大差异，深刻地折射了西方崇尚个人主义与中国崇尚集体主义的分野，也决定了西方人大多以"独立的个体"存在，而中国人往往以"家族中人""群体中人""社会中人"的身份存在。

西方人崇尚个体，看重灵魂的归宿，追求灵魂不朽。中国人崇尚群体，看重人们对自己的评价，追求声名不朽。同样是"不朽"，一种是死后灵魂到另一个世界，一种是死后声名被人们传颂。

一个人没了，人们不再提起他，就好像不曾有过这个人一样，这对中国人是极可怕的事。孔子讲"君子疾没世而名不称焉"。不只是君子，中国人普遍看重"雁过留声，人过留名"，希望死后能继续被人记得，常常被人怀念，至少不被亲近的人轻易忘记，最好能彪炳史册、流芳千古。说到底，中国人希望与所在的群体共存续，在族群的历史中获得永生。

所以，中国式的悼词都有"永远活在我们心中""永远与我们同在"这样的话。而现今的清明节，人们也用"我们若记得，他们就永远活着"这样的话表达对逝者的缅怀。

苏联作家奥斯特洛夫斯基在其长篇小说《钢铁是怎样炼成的》当中写道："人最宝贵的是生命。生命对于每个人来说只有一次。人的一生应当这样度过：当回首往事的时候，他不会因为虚度年华而悔恨，也不会因为碌碌无为而羞耻。这样，在临终的时候，他就能够说：'我已把自己整个的生命和全部的精力，献给了世界上最壮丽的事业——为人类的解放而奋斗。'"

《钢铁是怎样炼成的》在半个多世纪中，影响了几代中国人。借由小说主人公保尔·柯察金之口说出的上面这段话，从那个年代过来的很多人能一字不差地背诵出来。究其原因，无非在于这本书尤其是这段话阐述的价值观念，与中国人深相契合，引发了强烈的共鸣，留下了抹不去的记忆。可以说，这本书在中国的传播所引发的文化现象，从一个角度反映了中国人关于生命的看法。

中国人普遍对生命有着难以割舍的眷念，但是要讲清楚让中国人放不下的究竟是什么，却不是件容易的事情。

你说是天地壮观、山河锦绣吗？似乎是，又似乎不是。是大宅宽居、华服佳肴吗？似乎是，又似乎不是。是高明的思想、精美的艺术吗？似乎是，又似乎不是。

一切美好的事物都让人流连忘返，但是，真正让人们念念不忘的不是事物本身，也不全是事物带来的愉悦和舒畅以及感官上、精神上的享受，主要是个人和这些事物发生关联后，由此在人群之中获得的感受。这种感受，是事物、个人感受和其他人对此的看法共同作用所造成的一种氛围、意味，尤其是个人置身其中而有的存在感、满足感。总之，中国人在意的是一种感觉，活在人群之中的感觉。

或者说，让中国人念兹在兹放不下的，除了活着就是人，那些不同程度上与自己发生关联的人。

具体来说，中国人牵挂的人，大多是与自己发生过美好的情感交集的人，尤其是有着亲情、爱情、友情的那些人。与家人、爱人、友人聚在一起，享受人间至美的情谊，永远是中国人最深切的向往。古代的中国人无论走多远,都想要叶落归根。对于他们,家乡既是留下自己生活印记的地方,更是生命中最亲近的人所在的地方,思念家乡,最思念的是亲人,回到家乡,最欢喜的是回到亲人身边。在今天,回家,回到亲人身边,这难以压抑的渴望,难以阻挡的冲动,驱动了每个春节的人口大迁徙、大流动,驱使着无数人不辞辛劳地裹挟在人潮中南来北往。中国人讲"花好月圆",关键是团圆,因亲人团聚而诸事圆满。

不懂得这一点,很难恰如其分地理解中国人的有些话,比如真正体会"近乡情更怯,不敢问来人"所表达的那种忐忑,"遥知兄弟登高处,遍插茱萸少一人"所表达的那种失落,"烽火连三月,家书抵万金"所表达的那种欣慰,等等。

在中国,问那些年华不再、老之将至的人:如果时光倒流,重新活一次,你最想做的事是什么?最多的回答一定是:对家人好点,多花点时间陪伴父母,多花点时间陪伴孩子。无法承担应尽的家庭责任,无法见证孩子的成长,无法为父母养老送终,则是很多无奈之人心中最大的痛点。

中国人在公开场合常常言不由衷甚至于口是心非,但是私下里对家人尤其儿女,基本上不会讲违心的话。所以才有人说,要了解一个人的真实想法,最好看他或她的家书,看他或她写给儿女的信。

生与死相对，如何看待死亡和如何理解生命，是一个问题的两个方面。

对于死，中国人基本上持一种否定态度，认为死不是好事，是令人恐惧的事。在中国民间，"死"历来是人们最不愿意提及的字眼。谁要是在逢年过节或者有老人在场时提到"死"字，会被认为犯了大忌。

因为惧怕死亡，所以中国人大多信奉"好死不如赖活"，向往着能超越生命的规律，超脱生死的界限，实现长生不老、长生不死。中国历史上，秦始皇、汉武帝、唐太宗等皇帝都热衷于追逐奇技淫巧，崇奉神仙方术，寻找青春永驻的秘诀，求取长生不死的妙方。

中国人常讲"五福临门"。《尚书·洪范》最早记载了何谓"五福"："一曰寿，二曰富，三曰康宁，四曰攸好德，五曰考终命。"在人们理解的构成人生幸福的五个要件中，排首位的是"寿"，由此有"五福之中寿为先""五福捧寿"的说法。

孔子讲"自古皆有死"，"朝闻道，夕死可矣"，可见他对死并不讳言，也不畏惧。对颜回的死，孔子痛心疾首，哀叹这是上天要自己的命，可见他对死也不是无动于衷，依然会感到悲伤。同时孔子主张首先关注现世，做好活人该做的事情，对死不妨抱顺其自然的态度，不必过多考虑死后的事情。孔子的死亡观可谓正大，但从社会的实际情况来看，其所发挥的教化作用有限。

在生死问题上，道家的庄子是个例外。他讲"人之生，气之聚也；聚则为生，散则为死"。他死了妻子，老朋友来吊唁，见他正鼓盆而歌。在他看来，人的生死就像四季运行一样，死了就像回家睡觉一样，没必要哀伤。

庄子对生死似乎有着透彻的感悟，但是他的做派有违人之常情，所以总不免让人怀疑有刻意的成分。即便其所言所行发乎本心，也只是非常极端的个案。毕竟，在中国历史上，像他这样的人寥寥无几。

抗拒死亡是生命的本能。蝼蚁尚且偷生，何况于人。从根本上讲，人都是乐生恶死的。所谓怕死或者不怕死，无非是怕得多些和怕得少些的区别，非常怕与不那么怕的区别，以及由此表现出的面对死亡比较坦然与不那么坦然的区别。

与此同时，怕死或者不怕死并没有对错高下之分。不怕死算不上优点，而怕死也不丢人，不怕死不比怕死更高明更优秀。

中国人大多怕死，但是也有不怕死的人。中国人通常怕死，但是也有不怕死的时候。中国人不怕死，大致有两种情形。一种是甘愿为捍卫道义而死，这是中国古圣先贤历来所倡导的。孔子讲："志士仁人，无求生以害仁，有杀身以成仁。"孟子讲："生，亦我所欲也；义，亦我所欲也；二者不可得兼，舍生而取义者也。生亦我所欲，所欲有甚于生者，故不为苟得也；死亦我所恶，所恶有甚于死者，故患有所不辟也。"在儒家看来，是否行"仁义"关乎人伦秩序，关乎世道人心，所以，成仁取义本质上是为了维护一个群体的根本利益。

再一种是甘愿为值得的人而死。比如在必须有人付出生命代价的情况下，为了把生的机会留给父母、子女、爱人等，宁愿自己赴死。再比如对赏识和栽培自己的人以死相报。春秋时期四大刺客之一的豫让，为报答智伯的知遇之恩，多次行刺赵襄子，最后自刎而死，留下了"士为知己者死"的千古绝唱。

为捍卫正义而死，是为多数人而死。为值得的人而死，是为与自己有血缘关系、情感关系的少数人而死。两种不怕死的情形，虽然有或为少数人或为多数人的区别，但是都践行了为群体生命的接续而不计个人生死的信念。

对于生命，无论个体生命的存在还是群体生命的接续，推而广之，对于社会，中国人大多持乐天知命的态度。只有极少的人，如天生的悲观主义者，会认为情况有可能变得更糟。绝大多数人都乐于相信未来会变得越来越好。"留得青山在，不怕没柴烧"，只要人在，希望就在。不管世道如何艰辛，不管生活如何潦倒，当又一个新春佳节到来，人们还是照样贴出春联，点燃爆竹，走家串户去拜年，向亲朋好友送上祝福。观察中国人过年，我总能强烈地感受到一种发自内心的对美好未来的期待，总能强烈地感受到一种生生不息、历久弥新的蓬勃力量。这种节日观念，透露了中国人特有的生命观念，也是中国人在任何情况下都自强不息的精神支柱。

第三章 经世致用：文化凝聚的领悟

文化承载着人们对所在社会的认知，凝聚了人们对维系社会有序运转和实现个人安身立命必须有所遵循的领悟。只要我们身上还流着中国人的血、传承着中国人的基因，就会不同程度地重复先人的生命轨迹，触及和演绎中国传统文化的那些基本命题。

人类社会发展进步的秘密，除了通过人的繁衍传承生命的密码，更在于通过文化的延续传承生存和生活的经验。任何时代文化的形成和发展，总是建立在已有的思想成果和精神传统的基础之上。学习领悟中国传统文化，了解祖先对于身为此一种人适合生存、生活的思考和探索，可以让我们在新的探索和思考中有所参照和借鉴，避免走不必要的弯路。

经世致用
与实事求是

经世致用一词由"经世"和"致用"两个动宾结构的词并列组成。"经世"一词始见于《庄子·齐物论》:"春秋经世,先王之志,圣人议而不辩。"成玄英对此疏解:"夫祖述轩顼,宪章尧舜,记录时代,以为典谟,轨辙苍生,流传人世。"所谓"经世"即指建立政治、社会、道德伦理等各方面的法则和秩序。

"致用"一词始见《易·系辞上》:"备物致用,立成器,以为天下利,莫大乎圣人。"所谓"致用"就是尽其所用、付诸实用、发挥作用。

明清之际,王夫之、黄宗羲、顾炎武等人针对当时不切实际的空疏玄虚之学,提倡学习、征引古人的文章和行事,应以治事、救世为急务,大力主张经世致用。至此,"经世"与"致用"合成为一个四字成语。

在"经世致用"四个字中,"世"这个字看起来不起眼,一点不引人注目,实则大有深意,是准确把握经世致用思想的关键所在。

"世"是"经"这个动作的对象。弄不清楚何谓"世","经"这个动作怎么来做、从何着手便无从谈起,而"用"最终也必然难以落到实处。

在汉语中,"世"当作名词使用有多个含义,比如古人以三十年为一世,以父子相继为一世,此外还用来指时代、年岁、后嗣、世族等。而在这里,"世"指人世、人间,与天上、世外相区别。

这就是说,"经世"所涉及的事情,是人世间的事,是人群中的事,是社会生活中的事,是俗世之事而非世外之事,是此岸之事而非彼岸之事,是现实社会之事而非鬼神世界之事。

《庄子·逍遥游》讲"名者,实之宾也"。后人对此多有解释。比如唐朝人成玄英说:"实以生名,名从实起,实则是内是主,名便是外是宾。"宋朝人何坦说:"名者实之宾也,实有美恶,名亦随之。"清朝人章学诚说:"名者实之宾,实至而名归,自然之理也。"

名实相生,实为主名为宾,有其实必有其名,有其名必有其实。不能顾其名而思其义,循其名而责其实,那样很可能导致因一字之差而谬以千里。

各民族文化的孕育发展,大都经过崇奉神意、尊天事鬼的阶段。从已有的考古发现来看,中国文化也无例外地经历过此一阶段。但至迟在春秋时期,中国文化呈现出不同于此前的明显的分野,即由充满神鬼色彩转向凸显人文关怀,由遵从神的旨意转向张扬人的意志,由悉听天命转向事在人为。

在这个时期,面对社会失序、民生凋敝的混乱局面,诸子百家针对当时的各种现实问题,从各自立场和角度出发,提出不同的思想主张,如道家主张顺应自然、无为而治,墨家主张兼爱非攻、尚贤节葬,法家主张严刑峻法、重视农战等。

诸子之中,对后世影响最大的是孔子。孔子以恢复重建合理的社会秩序为己任,以一种不避艰险的姿态,弘扬仁爱思想,倡导忠恕之道,推行礼乐教化。

孔子不谈"怪力乱神",主张"敬鬼神而远之"。《论语》记载:"季路问事鬼神。子曰:'未能事人,焉能事鬼?'曰:'敢问死。'曰:'未知生,焉知死?'"他还讲:"我欲载之空言,不如见之于行事之深切著明也。"

从远古流传下来的六经,想必有着各种荒诞不经的记载。孔子把关注和思考倾注于世俗社会、现实生活,并本着这种理念整理古籍,删定六经,正本清源。

在孔子看来,经世就是"事人",就是"入世",就是"尽人事以听天命"。综观其一生的所言所行,他身上展现的强烈的现实关怀、积极入世的精神、重视解决现实问题的品格,集中诠释了经世致用思想。后世经世致用思想的丰富和拓展，直接或间接地都可以在孔子那里找到源头。

虽然经世致用一词在明清以后才广为使用，但是经世致用思想早在春秋时期已经成为当时思想界的共识。

经过春秋时期，经世致用思想确立了作为中国主流思想文化最重要的核心理念的地位。这在中国思想文化史上具有划时代的意义。

重视和讲求经世致用，主张少过问死人之事、神鬼之事、彼岸之事，多关心活人的事、人世的事、当前的事，始终以正在做的事情为中心，着力探索破解面临的实际问题，确定了中国文化作为世俗文化的属性，从根本上决定了中国思想文化的基本面貌、发展走向和发展演进的内在逻辑。

在中国思想文化发展中，几乎没有出现过代表绝对真理化身的先知先觉一类人物。孔子不是先知先觉，他之前之后的古圣先贤都不是先知先觉。中国民间间或有以先知先觉自居的人，但不为主流社会接纳，被视作旁门左道。

孔子也讲"天命"，他说"不知命，无以为君子也"，又讲"五十而知天命"，看似在探求绝对真理。但孔子讲的"天命"并不是命中注定的"命"，他讲"知命"并不是认命，而是强调通过不断深化对内在自我和外在事物的认知，顺应自然和社会法则，把握由主观、客观条件决定的事物发展的必然性。

重视和讲求经世致用，褪去宗教色彩，远离鬼神世界，摆脱不可知的神秘力量对人的束缚和控制，不仅最大程度地避免了思想的先验化、神秘化、极端化以及固化僵化，而且最大程度地为培育注重实际、实事求是的思想传统和与时偕行、与时俱进的精神品格打开了广阔的空间。这实在是中国人、中华民族的一大幸事。

　　文化都是有用的，是用来解决问题的。推崇经世致用，决定了中国文化主要围绕社会现实问题展开，内在地有着社会问题解决方案的特点。
　　任何社会在任何时候总是充满大大小小、林林总总、形形色色的问题。最终转化为一种文化聚焦关注的问题，一定是一个社会中与人们的生活日常密切相关且具普遍性、长期性的问题。
　　那么，在中国社会，这样的问题是什么呢？
　　如前所述，中国人大多偏于感性且追求活在人群中。喜欢扎堆拉近了人与人之间的距离，但是人与人在近距离相处中，很容易产生各种各样的矛盾和分歧。比如因为各打各的算盘、各有各的小九九酿成利益纠纷，因为性格差异导致互相不对路，因为习惯不同造成相互看不顺眼，因为情绪不同致使相互不合拍，因为看法不同走向相互挤轧、排斥，等等。
　　即便关系密切如唇齿相依，也有牙齿咬到嘴唇的时候。即便亲近如家人，父母子女之间、兄弟姊妹之间、婆媳姑嫂之间也很容易产生"不和"。何况那么多人松散地聚拢在一起，何况这些人还大多偏于感性！

早在2000多年前，孔子就针对人们喜欢扎堆及由此引发的问题说："群居终日，言不及义，好行小惠，难矣哉！"用今天的话来讲就是：这些人成天聚在一起，夸夸其谈，逞能耍各种小聪明，该拿他们怎么办呢！

我们从小耳熟能详的寓言故事中讲：一个和尚挑水喝，两个和尚抬水喝，三个和尚没水喝。我们常说人多好办事，但实际情况却是，如果处理不好群体内部人与人之间的关系，那么越多的人凑在一块反而越有可能坏事。

一方面离不开群体，不得不依附于群体，另一方面很容易因为各行其是酿成内部的分歧和撕裂，导致群体陷入瘫痪和分崩离析。"皮之不存，毛将焉附"，"覆巢之下，岂有完卵"，个人失去群体的庇护，自身利益最终无法得到保障。这决定了在我们这个由大多偏于感性且喜欢扎堆的人所组成的社会中，与人们的生活日常密切相关且具普遍性、长期性的问题，即在于如何尽可能地减少纷争、避免倾轧，最大程度维系社会正常有序运转，让人们最大程度享受群体生活的好处。

对这个问题的强烈关注和长期思考，催生了中国文化最重要的命题，即如何引导人正确处理人与人的关系、人与社会的关系。中国传统文化尤其是孔子创立的儒学，循着这个命题探索求解，形成了以人为中心、以伦理为本位、以集体主义为导向、以处理社会关系为主要内容的根本特征。

如前所述,文化是人的禀赋、天性在特定环境条件下的自然流露和凝结。有了人,自然就有文化,有人的地方,自然就有文化,人与人不同,自然就有不同的文化。所以,所有文化首先都循着"因其所有而有之""因其所然而然之"的路径孕育生长。不同民族关涉衣食住行等的物质文化的发展,娱人悦己的大众文化的发展,各具特色的民俗文化的发展,语言、文字、文学、艺术的发展,大都具有这个特点。中国文化当然也不例外。

但是与此同时,人之所以为万物之灵长,是因为人能够通过思考尤其是自我反思、自我认知进行自我修正、自我完善。这决定了文化的发展还有另一个路径,那就是因其所不足而弥补之、因其所偏颇而矫正之。不同民族宗教文化的发展,很典型地体现了这个特点。

应该说,这个路径较之于"因其所有而有之""因其所然而然之"的发展路径,更加体现人的主观能动性,更加体现了人的自主选择,因而所在的层次更高,对文化发展的作用更加重要。

中国文化推崇经世致用,其主流很早就与宗教分道扬镳。中国始终没有形成其他社会那样的占主流的本土宗教,但是,中国文化以人为中心,把社会现实问题的解决归结到人。因而,中国文化在这个层面上关怀的殷切程度，思考的深入程度，丝毫不亚于任何一种宗教。尤其是长期居于主流地位的儒家思想学说的发展，非常充分地、非常突出地展现了对因其所不足而弥补之、因其所偏颇而矫正之这个路径的自觉运用。

《礼记·礼运》讲："人情者，圣王之田也。修礼以耕之，陈义以种之，讲学以耨之，本仁以聚之，播乐以安之。"从孔子创立儒学开始，儒家对世道人心的重视、对道德人伦的重视、对风俗教化的重视、对自我修养的重视，无不源自对种种社会问题的忧虑，无不发端于改良人群状况的宏愿，都循着因其所不足而弥补之、因其所偏颇而矫正之这个路径在展开，都是针对中国人的问题对症下药开具的医治之方。

不仅如此，循着这个路径发展形成的文化，通过倡导寓教于乐、文以载道、艺以载道，在很大程度上主导、支配了循着"因其所有而有之""因其所然而然之"的路径发展形成的文化，两者间形成一种或可以称为目的和手段、内容和形式的主从关系。

这个中国文化发展中的显著特点，正体现出中国文化的高明所在。

良药苦口而利于病。学习领会中国传统文化，尤其是儒家思想学说，对其以文化人、治病救人的良苦用心，不能不深加体会。

大凡人欲有所言，除别人问什么答什么和为某个目的试图说服别人以外，大约有两种情形说话比较多。一种是自己处在有所得意或有所失意的情绪中说话比较多。这种情形下，看似在说给别人听，其实是自己在进行情绪的宣泄，所以为了炫耀也好为了倾吐也好，都近似于自言自语。

再一种情形，是针对自己亲近的人容易出错的地方不厌其烦地进行告诫。古圣先贤以天下为己任，自然视天下人为亲近之人。所以，他们语重心长、诲人不倦之处，正是世人常常出错之处、问题所在之处。这就像老师之于学生、长辈之于晚辈，对已经做得很好的方面，没有必要一而再再而三地提出来说，只有对做得不好、总是出错的方面，才会反反复复地加以提点。

任何文化都不可能凭空产生，都是针对问题而发。不同国家、不同民族的文化呈现不同的面貌，根本原因在于各自面对和需要解决的问题不同。问题是文化的起点，问题所在即文化的关键要义所在。看不到所针对的问题，知其然不知其所以然，无法真正理解把握一种文化，也无法真正分辨不同文化的差异。

祖先创造的中国传统文化值得我们为之骄傲，与此同时也要看到，中国文化的孕育生成、发展演进，相当程度上是中国人群状况倒逼的结果，归根结底是为了解决社会存在的问题。我们有这些问题因而需要倡导这样的文化，别人没有这些问题当然也就不需要像我们这样的文化。

中国古人推崇"三不朽"。唐代人孔颖达解释："立德，谓创制垂法，博施济众；立功，谓拯厄除难，功济于时；立言，谓言得其要，理足可传。"无论立德立功立言，最终都落在"用"上。

经世致用的思想传统，决定了管用、有用、实用的意识在中国人的大脑中根深蒂固，决定了古人的思想学说大都循着针对现实问题探求解决之道的路径在展开。

比如孔子阐述自己思想观点的方式就非常简洁朴实。首先，针对社会存在的问题，着眼于匡正人心、救治世道，提出关涉个人做人做事与社会有序运转的价值理念，如仁义礼智信、温良恭俭让、忠孝勇恭廉等。其次，对这些价值理念作出解释。比如通过师生之间的问答，正面谈出自己对何为仁、何为义的理解。又比如，运用这些理念，对历史上、生活中各种各样的人和事加以点评，从正反两方面阐明何为忠何为不忠、何为孝何为不孝，让这些价值理念获得更加充实丰满、更加生动具体的内涵。他所做的工作，近似于名词解释加人事点评。

记载孔子思想的《论语》，全文一万多字。老子的《道德经》，一般说是五千言，按照有的版本还不足五千言。不管按照哪个版本，《易经》加上《易传》不到两万字。这些经典著作，都不是大部头类型。

这些情况提醒我们，对于古人的思想乃至中国传统思想义化，一定不能想当然地把它当成某种理论体系来加以解读和阐释，而必须着眼于不同时期的实际问题和现实关怀，还原它们作为社会问题解决方案的真实面貌。

现在有一种动辄谈"体系"的倾向。在有些人那里，做学问如果不能讲出一套体系，就够不上有水平。在中国传统思想文化研究领域，有不少人喜欢把古代思想家的观点认识视为一套体系来加以阐释。这样把握古人的思想和传统思想文化，既误读了古人，又误导了后人。

推崇经世致用，在解决问题的具体过程中必然落实在、体现在实事求是之上。

"实事求是"一词始见于东汉班固修撰的《汉书》。《汉书·景十三王传》称汉景帝第三个儿子河间王刘德"修学好古，实事求是"。

虽然"实事求是"一词在东汉才首次出现，但是实事求是的思想传统却由来已久，早已深植在中国思想文化传统之中。

河间王刘德的生平事迹就足以证明这一点。据记载，刘德毕生致力于文化古籍的收藏和整理，个人收集的书籍之多与汉王朝相等，"所得书皆古文先秦旧书，《周官》《尚书》《礼》《礼记》《孟子》《老子》之属，皆经传说记，七十子之徒所论。其学举六艺，立《毛氏诗》《左氏春秋》博士。修礼乐，被服儒术，造次必于儒者"，论述道德文章"得事之中，文约指明"。

由此可见，刘德熟知儒家经典，服膺儒家思想，所言所行皆以儒学为依归，恪守由孔子继承并发扬光大的自古以来的中国思想文化传统。其"实事求是"的思想传统渊源有自，正是中国思想文化的真传。

1941年5月19日，在班固写下"实事求是"四个字1800多年后，毛泽东在延安干部会议上所作的《改造我们的学习》的报告中，专门拈出这四个字讲："'实事'就是客观存在着的一切事物，'是'就是客观事物的内部联系，即规律性，'求'就是我们去研究。"经过他深入浅出地阐幽发微，"实事求是"这个深厚的中国思想文化传统，确立为中国共产党的思想路线的精髓，在古老的土地上再次爆发巨大的能量，焕发璀璨的光芒。

近代历史上，很多国家在选择走什么样的道路上出现失误，有的深陷泥沼一蹶不振，有的导致持续的社会动荡。20世纪上半段，中国共产党带领人民经过一系列试错，成功地走出了从农村包围城市的中国革命道路；20世纪下半段，中国共产党带领人民经过艰辛的探索，成功走出了中国特色社会主义道路。

中国共产党在把马克思主义与中国实际相结合的过程中实现历史性飞跃，靠的是实事求是的思想路线。中国共产党能够一次次地在遭受挫折后修正错误，回到正确的方向和轨道上来，靠的是实事求是的思想路线。中国共产党能够在近代以来先后走上历史舞台的各党各派中最终胜出,引领中国历史的航向,归根结底靠的是实事求是的思想路线。

毫不夸张地说,中国共产党是实事求是思想传统最忠实的践行者、最优秀的继承者、名副其实的集大成者。

德比才
更加重要

生命密码决定了人不可能离群索居。如何把个体联结成群体、把小群组织成大群，建立有序运转的社会，是每一种文化不得不面对的问题。中国文化在这个方面关切至深，着力尤多。

见载于史的上古典籍《三坟》《五典》《八索》《九丘》早已散佚，但得益于《尚书》对上古历史文献所作的汇编，让今天的人们还能够窥见孔子之前那些古圣先贤的所思所想。

《尚书》以《尧典》开篇，以《秦誓》终篇，所对应的年代，从公元前2300年左右至公元前630年。《尚书》以天命观解释历史兴亡，把"敬德"作为遵循"天道"的体现，强调君主要敬德修身、敬德保民。后世大力倡导的思想道德观念，不少能在《尚书》中找到其源流。从《尚书》的记载来看，当时的贵族阶层十分重视品德养成。

进入春秋战国时期，王室倾颓，诸侯并起，为占有土地、财富和人口，为保住权势、地位和性命，竞相逞勇斗狠、巧取豪夺，相互不择手段、弱肉强食。纲纪废弛，社会动荡，人性阴暗面丑恶面集中暴露，引发了人们的深深忧虑。

与此同时，传统官营手工业制度瓦解，出现了独立的手工业者和独立商人；政府对文化教育的垄断被打破，学在官府向学在民间转变；旧的贵族阶层衰败，士人阶层强势崛起。社会发展的动能呈现整体下移的趋势，此前处在边缘地带的人、出身微贱的人受到了更多的关注。民本思想获得进一步发展的同时，人民的状况不容乐观也引起了有识之士的担忧。

孔子身逢乱世，目睹社会乱象，为挽救世道人心，重建社会秩序，围绕着如何处理人与人的关系展开深入思考，创立了以仁爱为核心的道德学说。他以道德为区分塑造了"君子"和"小人"两种相互对立的人格，不厌其烦地从性格、好恶、器量、作风、思想、行为等多个方面，对"君子"与"小人"进行对比，阐明"君子之道"，也即做人做事应有的准则和规范。一万多字的《论语》，"君子"一词出现了107次。"君子"作为孔子心目中的理想人格，承载着他安邦济世的追求和希望。

孔子讲："道之以政，齐之以刑，民免而无耻，道之以德，齐之以礼，有耻且格。"在他看来，刑罚只能使人避免犯罪，不能使人懂得犯罪可耻的道理，道德教化比刑罚要高明得多，既能使人循规蹈矩，又能使人有知耻之心；建立和规范社会秩序，实现社会正常有序运转，必须对人施行道德教化；施行道德教化是国家治理的重要内容,是当政者当然的责任。

继孔子之后,孟子和荀子对道德问题做了进一步思考。

孟子讲:"人之有道也,饱食暖衣,逸居而无教,则近于禽兽。圣人有忧之,使契为司徒,教以人伦:父子有亲,君臣有义,夫妇有别,长幼有序,朋友有信。"他认为,人不讲道德则与禽兽无异,只有用礼义教化人,社会才能形成秩序。

孟子创造性地发挥孔子的仁爱思想,主张"心"即人类道德的本原。他讲:"恻隐之心,人皆有之;羞恶之心,人皆有之;恭敬之心,人皆有之;是非之心,人皆有之。恻隐之心,仁也;羞恶之心,义也;恭敬之心,礼也;是非之心,智也。仁义礼智,非由外铄我也,我固有之也,弗思耳矣。故曰:'求则得之,舍则失之。'"

孟子认为,"恻隐之心""羞恶之心""恭敬之心""是非之心"是人较之于动物的根本区别所在,是仁义礼智四种道德的来源。这"四心"不是由外界环境影响而形成的,而是人心固有的,即"不学而能"的"良能"和"不虑而知"的"良知"。人加强道德修养不必借助外在的力量,只需要把丢失的本心即"放心"找回来,"学问之道无他,求其放心而已矣"。人与人之间道德上的差别不是由于"四心"不同,而是或努力向内心求索或向内心求索不够所导致的。

孟子还讲:"尽其心者,知其性也;知其性,则知天矣。存其心,养其性,所以事天也。"在他看来,人通过扩充本心,彻底领悟本性，就能不违天道，达到天人合一的最高境界。

孟子的思想学说直接启示了宋明理学尤其是陆王心学，在儒学史上产生巨大的影响。陆九渊认为自己的思想因读《孟子》而自得于心。王阳明则运用孟子的良知说建立起自己的"致良知"的理论。宋明理学家反复阐扬的天理人心，说到底就是孟子所说的道德良知。

在中国，讲良心、凭良心的观念源远流长，有着广泛的社会基础。这从人们日常生活的用语中就可以看出来。比如，人们常说"要摸着良心做事""要对得起自己的良心"，又讲"为人不做亏心事，半夜不怕鬼敲门"，把有所悔悟并努力加以改正叫作"良心发现"，把还没有坏到无可救药叫作"良心未泯"，骂人说"丧尽天良""良心被狗吃了""必将受到良心的谴责"等。安不安心，忍不忍心，有没有羞耻感、愧疚感，心里过不过得去，为人们判断事情的是非对错提供了一个自我检验的标准。如果自己感到无所愧疚、内心坦荡、心安理得，那么事情十之八九做得对；如果自己都觉得于心难安、于心不忍、于心有愧的话，那事情多半做得不对。追根溯源，这种观念的形成肇始于孟子。

孟子主张性善，讲求天人合一；荀子主张性恶，反对性善，强调天人相分，反对天人合一。他们两个人虽然在人性问题上持论不同，但是在重视道德教化问题上殊途同归。

荀子认为，单个的人势单力薄，难以在自然界生存，要实现由弱变强，战胜其他物种，必须把人们凝聚成为一个整体。而要把人们凝聚成为一个整体，避免因为人人都希望"贵为天子，富有天下"而相互争斗，必须根据人与人的情况实行分工合作，"使有贵贱之等，长幼之差，知愚能不能之分"。而要让人们安于这种分工合作，必须教育引导他们从主观上认识理解群居和分工合作的必要性和重要性。

在荀子看来，人之所以成为天底下最高级的物种，与其他物种的根本区别在于"群""义"和"辨"三个特点。所谓"群"即是人们组织起来过群居的、集体的、社会的生活；所谓"义"即是在群居生活中恪守君臣、父子、夫妇、朋友等人与人之间应有的相处之道，具体讲就是遵循礼；所谓"辨"即懂得"群"和"义"是人之所以为人的根本所在，并以义辨别是非善恶。

荀子批评孟子关于人的内心天然有着道德良知的看法。他从天人相分的立场出发，认为人从一生下来就有贪图私利之心、忌妒仇恨之心和爱好声色的本能、耽于享乐的欲望，人的先天本性与道德礼仪背道而驰，是恶的而不是善的。与此同时，他认为人可以通过后天的努力转化恶的本性，培养善良的品德。他把后天养成善良品格的努力称之为"伪"，与先天生而有之的"性"相对而言，提出"化性起伪"的道德教化思想。

《荀子·礼论》讲："性者，本始材朴也，伪者，文理隆盛也。无性则伪之无所加，无伪则性不能自美。"这就是说，人性本来是有缺陷的，后来经过学习和教化逐渐完善，没有人性的缺陷，则学习和教化都没有用处，不经过学习和教化，人性的缺陷是无法自行弥补的。

《荀子·性恶》讲："人之性恶，其善者伪也"，"故圣人化性而起伪，伪起而生礼义，礼义生而制法度"。这就是说，恶是人的本性，善是通过后天的人为努力养成的，圣人通过后天的人为努力率先养成善良的品德，然后创制礼乐法度教育引导人们去恶养善。

荀子认为，凡是善的、有价值的东西都是人努力的产物，通过实行"化性起伪"的道德教化，人们可以养成"善群""重义""能辨"的品德。不仅如此，通过后天人为的努力，实现积善成德，"涂之人可以为禹"。荀子反对孟子的性善论，但在人人可以成圣这点上，两个人怀有共同的期待。

中国古代思想发端于对人和由人所构成的社会的观察和思考，始终围绕着人展开，聚焦于如何处理人与人的关系，如何确立人们共同生活应有的行为准则和规范。孔子倡导"仁"，孟子推重"义"，荀子重视"礼""法"。他们的思想虽然各有侧重，但是一脉相承地对道德问题给予强烈关注，由此积累形成了若干的重要共识，主要是：建立和规范社会秩序，实现社会正常有序运转，必须重视发挥道德的作用；加强道德修养是每个人生而为人的根本，是每个人人生在世的头等大事；道德的修养和提高与社会环境密切相关，但主要靠个人努力，靠个人内在的自

第三章　经世致用：文化凝聚的领悟　　115

律自觉；施行道德教化是国家治理的重要内容，是当政者的重要责任。这些思想后来转化成为中国古代国家和社会治理的重要原则。

全世界没有哪一种文化像中国的儒家文化这样重视加强道德修养。儒家经典《大学》讲："自天子以至于庶人，壹是皆以修身为本。其本乱而末治者，否矣。其所厚者薄而其所薄者厚，未之有也。"《大学》还引用"如切如磋，如琢如磨"八个字来形容道德的养成和完善需要类似于加工玉石的切、磋、琢、磨过程。

从孔子开始，儒家就非常注重道德修养，以后经过历代思想家的继承发挥和不断完善，形成了源远流长、内容丰富、独具特色的一系列修养方法。这些修养方法深刻影响了一代又一代中国人的人格养成，今天仍不失其价值。

比如重视立志，把立志作为加强道德修养的第一步。儒家所说的立志，不是从事何种职业，在哪个方面成"家"，更不是当多大官赚多少钱，而是"志于道，据于德，依于仁"，是立志成为人格健全、道德高尚的人。儒家认为，人无论贫富、贵贱、长幼都可以成圣成贤，关键是要树立远大的志向和坚守志向的决心。孔子讲："仁远乎哉？我欲仁，斯仁至矣"，"为仁由己，而由人乎哉？"又讲："三军可夺帅也，匹夫不可夺志也。"孟子说："夫志，气之帅也；气，体之充也。夫志至焉，气次焉，故曰：'持其志，无暴其气。'"他认为加强道德修养，首先是持志，其次才是养气。宋以后的儒家学者发挥孟子关于志与气的思想，进一步强调志对气的主导作用和持志的重要。朱熹认为"天下之难持者莫如心，天下之易染者莫如欲"，提出要锻炼"居敬持志"的修养功夫。王阳明被贬贵州，经"龙场悟道"后创建龙冈书院，为求学者立下学规——《教条示龙场诸生》。该学规的第一条便是"立志"，其中告诫学生"志不立，天下无可成之事"。王阳明特别重视志的作用，在和学生的问答之间留下了"持志如心痛"的名言。

比如重视为学，把为学贯穿于加强道德修养的全过程。孔子把学习视为加强道德修养不可或缺的途径。《论语·阳货》载，他以"六言六弊"教导学生子路说："好仁不好学，其蔽也愚；好知不好学，其蔽也荡；好信不好学，其蔽也贼；好直不好学，其蔽也绞；好勇不好学，其蔽也乱；好刚不好学，其蔽也狂。"他讲"古之学者为己，今之学者为人"，推崇古人为修养学问道德、涵养为人之道而学，反对时人为夸耀自己、炫示于人而学，提倡学习的最终目的在于在道德上成就自己。

孔子倡导的学习在内容上涵盖知识和技能，但是远不限于知识和技能，在方式上包括向书本学习，但是远不限于向书本学习。他解释何谓"好学"说："君子食无求饱，居无求安，敏于事而慎于言，就有道而正焉，可谓好学也已。"在他看来，无论学习的内容还是方式，都服从和服务于学会做人这个最终目的。

《论语》中留下的"学而不厌""学而时习之""学而不思则罔，思而不学则殆"等关于学习的精辟论述，都与实现这个最终目的密切相关。孔子的这些思想，经后来的儒学家继承发扬，凝结形成中国古代关于教育的基本看法。

比如重视内省，把内省作为加强道德修养的根本功夫，甚至是加强自我修养的唯一途径。孔子讲："内省不疚，夫何忧何惧？"又讲："见贤思齐焉，见不贤而内自省也。"他的学生曾参把内省的方法付诸实践，形成自己的经验做法："吾日三省吾身：为人谋而不忠乎？与朋友交而不信乎？传不习乎？"

所谓内省，简言之即通过不断进行自我检查、自我省察、自我提醒、自我批评，辨别思想言行中的善与恶，扬善而祛恶，完善自身的道德修养。

内省的关键在反求诸己。《中庸》记载，孔子曾讲："射有似乎君子，失诸正鹄，反求诸其身。"他认为君子的修身有如弓箭手射箭，弓箭手射不中靶心，不应该过多强调客观原因，而应该认真反省自己的技艺在哪些方面还有待提高。孟子发挥孔子这个思想，提出了反求诸己的论述。孟子讲："仁者如射：射者正己而后发；发而不中，不怨胜己者，反求诸己而已矣。"他还讲："爱人不亲，反其仁；治人不治，反其智；礼人不答，反其敬——行有不得者皆反求诸己。"主张凡是所做的事没有达到预期的效果，都必须从自身方面查找问题和分析原因。

自孔孟以后，内省一直是儒家重要的修养方法，后来无论程朱理学还是陆王心学，都极为注重这一修养方法。

比如重视克己。孔子讲："克己复礼为仁。一日克己复礼，天下归仁焉。"他认为要达到仁的境界，必须严格约束自己的言行，使之符合于礼的要求。在他看来，克己首先是不放纵自己的欲望。他就君子在不同年龄段应该如何节制欲望提出"三戒"："少之时，血气未定，戒之在色；及其壮也，血气方刚，戒之在斗；及其老也，血气既衰，戒之在得。"中国古代的思想家大多认为放纵欲望会遮蔽人的自知之明和滋生不道德行为，因而普遍主张节制个人欲望，在这点上孔子的看法也不例外。其次是在处理人与人的关系上奉行忠恕之道，推己及人，不因利己而损人。

值得注意的是，孔子承认人的欲望具有合理性，并不反对追求个人欲望的满足。他不仅自己毫不掩饰地宣称"富而可求也，虽执鞭之士，吾亦为之"，而且把"因民之所利而利之"作为为政的首要原则。孔子所反对的是在追求欲望的满足上欲求无度、贪得无厌和为满足欲望罔顾道义。他讲："富与贵，是人之所欲也。不以其道得之，不处也。"所以，倡导克己不是要消除欲望，而是主张"欲而不贪"、欲而有度；不是损己利人或以公灭私，而是以正当的、合适的方式实现个人利益。

比如重视慎独。《大学》和《中庸》都讲到慎独。《中庸》讲得比较多，其中说："道也者，不可须臾离也，可离非道也。是故君子戒慎乎其所不睹，恐惧乎其所不闻。莫见乎隐，莫显乎微，故君子慎其独也。"关于何谓"慎独"，不同时代的儒学家有不同的解释。汉代的郑玄将"慎独"解释为即便一个人的时候，也要特别注重自己的行为，保持高度的自律。宋代的朱熹将"独"定义为"人所不知而己所独知之地"即内心世界，将"慎独"解释为谨慎地对待自己所独有的那个内心世界的活动。到了明代，王阳明把"独"解释为"良知"，认为"慎独"就是时刻保持"戒慎恐惧"之心。到了清代，曾国藩则将遏制贪欲、循自然之理、内心时时自省统统视为"慎独"的内容。

不管对"慎独"作何理解，其精妙之处在于主张任何情况下都谨慎地注意自己的内心和行为，在个人独处时也不放松对自己的严格要求，时刻防止发生违背道德的意识和行为，始终使自己的所思所行符合道德的要求。作为儒家重要的自我修养方法，慎独所包含的深刻的道德自觉思想和严格的道德自律精神，体现了在人格发展和精神境界上的高尚追求。

比如重视笃行。孔子讲"君子耻其言而过其行"，还讲"巧言令色，鲜矣仁"。在他看来，加强道德修养真正重要的不是如何说而是如何做，君子以说得多而做得少为耻，满口花言巧语的人少有仁德之辈。孔子非常注重教育引导弟子在具体事务上磨炼意志，加强修养。孟子也认为实际事务甚至痛苦境地的磨炼是人担当大任的先决条件。后来宋明理学发展这一重要思想，更把在事上磨炼作为道德修养的根本途径。

"过而能改，善莫大焉。"笃行非常重要的一个环节是改过。

孔子讲:"法语之言,能无从乎?改之为贵;巽与之言,能无说乎?绎之为贵。说而不绎,从而不改,吾末如之何也已矣。"他曾多次谈到改过是善的一种体现,认为有过不改才是真正的过。他以颜回为例指出,有道德的人不在于不犯过错,而在于有过就改,不要重犯。

围绕加强道德修养倡导笃行、躬行、力行,必然涉及"知"与"行"的关系问题。据古文《尚书·说命中》,傅说曾经对商王武丁说过"非知之艰,行之惟艰"的话,说明当时人们已经把知与行联系在一起思考。《中庸》载,孔子曾将"知""行""勇"三种德性并列在一起讲:"好学近乎知,力行近乎仁,知耻近乎勇。知斯三者,则知所以修身,知所以修身,则知所以治人;知所以治人,则知所以治天下国家矣。"《论语》记载了不少孔子关于言与行的论述,如"敏于事而慎于言""讷于言而敏于行""听其言而观其行"等,但是没有留下他关于知与行关系的看法。《荀子·劝学篇》讲"君子博学而日参省乎己,则知明而行无过矣",可以说比较接近于对知与行的关系的审视。

对知与行关系进行比较系统的思考在宋明理学兴起以后。从程颐到朱熹都主张知行并重、知在行先。程颐说:"譬如人欲往京师,必知出那门,行那路,然后可往。"朱熹曾经用眼睛和脚来比喻"知"和"行"的关系说:"知行常相须,如目无足不行,足无目不见。"他还讲:"论先后,知为先;论轻重,行为重"。陆九渊也持"致知在先，力行在后"的观点。

主要针对朱熹的"知先行后"说，王阳明提出了"知行合一"说。他认为，知与行是一个功夫的两面，知中有行，行中有知，知必然表现为行，不行不能算真知，知与行不能分离，也没有先后。王阳明讲："知是行的主意，行是知的工夫；知是行之始，行是知之成。""圣学只一个工夫，知行不可分作两事。""知之真切笃实处即是行，行之明觉精察处即是知，知行工夫本不可离。……真知即所以为行，不行不足谓之知。"他特别声明："我今说个知行合一，正要人晓得一念发动处便即是行了。发动处有不善，就将这不善的念克倒了。须要彻根彻底，不使那一念不善潜伏胸中。此是我立言宗旨。"

王阳明主张"知行合一"说，意在反对知先行后说造成的知行脱节、重知轻行、知而不行的风气，重点是强调"行"。对此，作为阳明后学的黄宗羲在《明儒学案·姚江学案序》中指出，阳明先生"以圣人教人只是一个行。如博学、审问、慎思、明辨皆是行也，笃行之者，行此数者不已是也。先生致之于事物，致字即是行字，以救空空穷理，只在知上讨个分晓之非。"

施行道德教化当然需要向广大民众讲清楚提倡什么和反对什么，所以说教和灌输是一定的。但是寄希望于多数人可以通过理解某种道理而自觉加以践行也是不切实际的。围绕着如何对"小人"进行教化，在说教和灌输的同时，古人针对人群的特点进行了多方面的思考和实践。

比如注重发挥部分人的示范作用。孔子讲"君子之德风，小人之德草，草上之风，必偃"，他把示范作用的发挥寄托在"君子"身上。汉代班固讲："教者，效也，上为之，下效之。"中国历朝历代，无不强调当政者要为民众当好表率和示范，在上者要为在下者当好表率和示范。士作为传统社会的"四民"之首，长期扮演了道德教化"表率者""示范者"的角色。

又比如要让做得好的人得到实惠。这方面最重要的举措，是把官职授给那些品行杰出的人，为他们打开上升通道，给予出人头地、施展才华的机会。史称中国早在汉代时就实行任官以德了。汉朝建立了举孝廉的选拔制度。所谓孝廉，即孝敬父母以及行为举止清正廉洁的人。举孝廉在汉代属于清流之目，是官吏晋升的正途，不少名公巨卿都是孝廉出身。以后各朝代在官员选拔上大都提倡德才并重、以德为先。

再比如对做得好的人进行表彰奖励。《续汉书·百官志》说："三老掌教化。凡有孝子顺孙，贞女义妇，让财救患，及学士为民法式者，皆扁表其门，以兴善行。"汉朝专门设置了执掌教化、名为"三老"的官员，职责之一是负责发掘本地的好人好事逐级上报，请求上级政府乃至朝廷作出表彰，给予精神和物质奖励。精神层面的奖励，包括扁表家门即在大门上悬挂特制的匾额，悬榜闾门即在乡里张贴表彰文书，以及授予相应的荣誉称号等。物质层面的奖励，包括赐予田地、赐予绢帛、免除赋税徭役等。这套表彰奖励制度，汉朝后历代沿袭，并先后增添了为受表彰者兴建牌坊、树碑立祠、塑像建庙、优待家属、荫及子孙等内容。明代为了体现崇尚教化，受到中央政府表彰的对象，享有"宣付史馆"即在官方正史中为他们立传的待遇，这是只有作出巨大贡献的贤良重臣才配有的崇高荣誉。而地方政府表彰的对象，也会在地方志中予以记载，使其事迹得以流传后世。

社会中多数人总是遵循个人利益至上、个人利益最大化的原则行事。说教灌输太多了，调门过高了，违背了人之常情，不仅于事无益，反而会因其虚伪性遭人厌恶、适得其反。如果没有相应的制度设置、利益安排，道德教化所起到的作用极其有限。

中国古代推行道德教化过程中形成的系统施策的做法，让道理更加充实丰满，更加具象化生动化，不仅能从情感上打动人，而且激发了相互效仿的群体效应。这些做法沿袭下来，到今天还在广泛使用之中。

中国古人讲加强修养，首先是讲道德修养，主要是讲道德修养，与今天的人们看重才干、才艺有明显的区别。在古人看来，德与才固然不可偏废，但是相对于才——解决某些方面具体问题的专业能力，人的思想道德素质要重要得多。

春秋末年，晋国大夫智宣子错误地选择了有才无德的智伯为继承人，结果导致强人的智氏家族遭受灭族之祸。北宋史学家司马光在《资治通鉴》中记载了这一惨痛的用人教训并说："智伯之亡也，才胜德也。""才者，德之资也；德者，才之帅也。""才德全尽谓之圣人，才德兼亡谓之愚人，德胜才谓之君子，才胜德谓之小人。凡取人之术，苟不得圣人、君子而与之，与其得小人，不若得愚人。"

他主要从为善与为恶对社会造成的不同影响出发，主张选人用人以德为先。为善还是为恶任何时候都是分辨德才关系最重要的依据，这个论断在千载以后的今天依然确凿不易。但是，之所以德为才之帅而才为德之资，其多方面的内涵可能还需要深加体会。

首先，德比才在层次上、境界上更高。中国古人用"道"与"德"这对范畴来讨论人与天地万物的关系。"道"为天地万物之自然，而"德"是对天地万物之自然的遵循和顺应。《周易》讲："夫大人者，与天地合其德，与日月合其明，与四时合其序，与鬼神合其吉凶，先天而天弗违，后天而奉天时。"到宋明理学兴起，程颢讲"仁者，与天地万物为一体"，王阳明讲"大人者，以天地万物为一体者也"。所以讲求"德"绝不只是为了满足于做个循规蹈矩的好人，而是通过探求如何做人做事才合乎于"道"的要求，确立对万事万物应有的态度，坚定自己立身处世的立场。较之于解决某些方面具体问题的专业能力，解决一切问题都不可或缺的态度和立场更具根本性。

其次，德比才在格局上、胸怀上更大。中国传统思想文化历来主张天人合一，与时相偕，顺势而为。而把握天道时势，最重要的莫过于懂得社会中多数人的愿望和期待，洞悉人心，顺应民意。要做到这一点，必须能够推己及人、将心比心，想众人之所想，急众人之所急。这当然也是一种能力，但是这种能力远非某个方面的专业能力可比拟。养成这种能力，有赖于在德的层面上探求，在修身立德上下功夫。

再次，有才与有德在人群中产生的影响不同。某个人在某个方面有才华，人们会刮目相看，报以欣赏和艳羡，但是在点赞之后，在表达钦佩之后，不会觉得别人的才华与自己有多少关系。而做事合乎天道人心，蕴藏着强大的感召力，能让人乐于与之为伍，乐于追随效命。

关于人应该在哪种条件下努力担责任事和在哪种条件下避免担责任事，孔子在《论语》中多次谈及。

比如《论语·泰伯》讲："笃信好学，守死善道，危邦不入，乱邦不居。天下有道则见，无道则隐。邦有道，贫且贱焉，耻也；邦无道，富且贵焉，耻也。"

比如《论语·宪问》讲："邦有道，谷；邦无道，谷，耻也。""邦有道，危言危行；邦无道，危行言孙。"

比如《论语·公冶长》讲："宁武子，邦有道，则知；邦无道，则愚。其知可及也，其愚不可及也。"

比如《论语·卫灵公》讲："君子哉蘧伯玉！邦有道，则仕；邦无道，则可卷而怀之。"

孔子认为，君子虽然致力于为世所用，但是讲究用之有道，有所为有所不为。如果事情不对，用非其道，则宁可不用也不苟且。

在中国历史上，优秀人物的涌现常伴随着重大的思想创造活动、政治革新活动和社会变革活动。究其原因，在于这些活动切合社会发展的需要，符合多数人的期望，展现了美好的前景和未来，从而感染、吸引、凝聚了一个时代的杰出之士参与其中。

"得道多助，失道寡助。""一个篱笆三个桩，一个好汉三个帮。"只有做正当的、正确的事情，做有意义、有价值的事情，才能赢得人们的帮助和支持。用今天的话来说，只有做对的事才能遇到对的人，只要做对的事就能吸引到对的人，不能做对的事就遇不到对的人。

中国人常讲做人是做事的根本，做事先做人，做人先立德。中国社会人际关系的特殊重要性决定了德比才更加重要。

兼顾
变与不变

很久以前，中国古人就强烈地意识到，人处在一个变化不已、生生不息的世界中，万事万物无时无刻不在变动之中，没有事物是一成不变的。

至迟在 3000 年前的西周初叶，现存《周易》中包含六十四卦及卦爻辞的经部已经成书了。这部书涉及的内容既广且杂，基本思想是整个世界处于永恒的变易之中，主要内容是探究变化之道。

作为"群经之首，大道之源"，《周易》一书中与"变化"相关的诸多词句，成为后人日常表达中常用的、难以被替代的词句，流传至今仍然保持活跃的热度和强劲的生命力。

比如《彖传》所讲的"损益盈虚，与时偕行""天地革而四时成，汤武革命顺乎天而应乎人""日中则昃，月盈则食，天地盈虚，与时消息""时止则止，时行则行，动静不失其时，其道光明"。比如《系辞》所讲的"形而上者谓之道,形而下者谓之器,化而裁之谓之变,推而行之谓之通""穷则变,变则通,通则久",以及"一阴一阳之谓道""日新之谓盛德""生生之谓易""通变之谓事";比如《杂卦传》所讲的"革,去故也;鼎,取新也",等等。

更重要的,《周易》关于变化的思想,为人们打开了观察事物、认识世界的一个视角,深刻塑造了中国人对自然、人生和社会的看法。

日升月沉、黑白更替是变化,寒来暑往、四时变迁是变化,高岸为谷、深谷为陵是变化。自然界的一切在变化之中。

"少年听雨歌楼上,红烛昏罗帐。壮年听雨客舟中,江阔云低,断雁叫西风。而今听雨僧庐下,鬓已星星也。"人生的一切都在变化之中。

"人事有代谢,往来成古今。"社会的一切都在变化之中。

孔子曾经看着奔流而去的河水,发出"逝者如斯夫,不舍昼夜"的感慨。在中国人看来,天地万物无一不像那河里的流水,在永不停息的变化之中。人必须通晓变化、顺应变化、推动变化、成其变化,与世界的变化相配合,才能趋利避害,实现自己的目的,求得最好的结果。

"变"是相对于"不变"而言。有"变"必然有"不变"。没有"不变"则无所谓"变"。那么,在这个变动不已的世界里,"不变"的究竟是什么呢?

西汉末年形成的解释《周易》的纬书《乾凿度》借孔子之口说:"孔子曰:'《易》者,易也,变易也,不易也。'"认为《周易》这本书包含了三个方面的重要内容,也就是"易""变易"和"不易"。后来东汉的郑玄讲:"易之为名也,一言而函三义,易简一也,变易二也,不易三也。"

不管对"易一名而含三义"如何理解,也不管这是不是《周易》想要表达的思想,"不易"之义的提出,至少说明在《周易》对世界"变"的一面给予高度关注并展开深入探究之后,人们开始思考:在宇宙间万物皆变的前提下,有没有恒常不变的东西存在?

这个问题在老子那里有了确切的答案。

在继续循着《周易》确立的"变"的视角和阴阳交互观念看待世界的过程中,老子特别注意到事物内部对立双方的相互依存和相互转化的关系。《道德经》一书在极有限的篇幅中,不厌其烦地列举了80多个相反相成、成双成对的概念,包括美恶、有无、巧拙、动静、枉直、少多、敝新、雌雄、轻重、静躁、弱强、废兴、取与、贵贱、明昧、进退、寒热、祸福、损益、正奇、柔刚、虚实、清浊、存亡、亲疏、主客、终始、治乱、成败等。通过对这些概念作出表述,老子揭示了事物内部矛盾的普遍存在和矛盾的对立统一推动事物的变化发展。

更重要的,老子从看得见、听得见、摸得着的变化现象出发,最终走向对"视之不足见,听之不足闻,用之不足既"的"不变"的探求。他把这种"不变"的东西称之为"道"。

老子讲:"有物混成,先天地生。寂兮寥兮,独立而不改,周行而不殆。可以为天下母。吾不知其名,字之曰道,强为之名曰大。大曰逝,逝曰远,远曰反。"他把道看成产生于天地之先,不依赖任何外力,孕育创生世界的深邃幽远的宇宙本体、万物本原,主张"道生一,一生二,二生三,三生万物"。

老子认为,"道"同时具有"有"和"无"两种性质、两种状态,两者一而二、二而一。《道德经》开篇即讲:"无,名天地之始也。有,名万物之母。故常无欲以观其妙。常有欲以观其徼。此两者,同出而异名,同谓之玄。"后来又讲:"道之为物,惟恍惟惚。惚兮恍兮,其中有象。恍兮惚兮,其中有物。窈兮冥兮,其中有精,其精甚真,其中有信。"而"无"较之于"有"更具有原初性,即所谓"天下万物生于有,有生于无"。

作为中国历史上对"道"进行集中思考和深刻论述的第一人,老子被后世道家学派尊为始祖。

继《周易》教导人们关注了解变化之后,老子进一步告诫人们要善于在"变"中把握"不变"。伴随着《道德经》的流传,"道"的观念为人们广泛接受,让人们在变动不已的世界中,有了可赖以为倚靠、可赖以为凭借、可赖以为遵循、可赖以为指引的东西,犹如在茫无涯际的大海上发现了陆地,在暗黑无边的原野中看见了灯火,犹如流浪已久后找到回家的路,无所适从中觅出行进的方向。恒常不变的"道"像是定盘星、主心骨，让人们不再随波逐流、无所归依，被变化席卷、淹没和吞噬。

"道"的观念的确立，提供了认识和理解世界的新的路径。从此，通过悟道、明道、见道、证道，在变中把握不变之"道"，从而达到自如、自在、自得、自由那样的状态和境界，成为中国人新的追求。

万事万物一方面无时无刻不在变化之中，另一方面在变化中保持不变。将"变"和"不变"两方面统而观之，这个世界的运动变化呈现什么样的形式呢？

战国时期的阴阳家邹衍提出的五德终始说，典型地体现了中国人的历史观念。

所谓"五德"，指"五行"即木、火、土、金、水所代表的五种德性。比如木有生长、发育之性，火有炎热、向上之性，土有和平、厚实之性，金有肃杀、收敛之性，水有寒凉、滋润之性等。古人认为，宇宙万物都由这五种不同属性的基本元素构成，五种基本元素相生相克、此消彼长，构成事物发展变化的进程。

所谓"终始"，指"五德"周而复始的循环运转。邹衍说："五德之次，从所不胜，故虞土、夏木、殷金、周火。"即五德按照土德后木德继之，木德后金德继之，金德后火德继之，火德后水德继之，水德后土德开启新一轮终始。

秦始皇统一六国后，根据邹衍"水德代周而行"的论断，以秦文公出猎获黑龙作为水德兴起的符瑞，进行了一系列符合水德要求的改革，以证明其政权的合法性，成为五德终始说的第一个实践者。自秦汉直至宋辽金时代，五德终始说长期是历代王朝阐释其政权合法性的基本理论框架。

而中国古代的干支纪年法则体现了中国人的时间观念。这种纪年法以甲乙丙丁戊己庚辛壬癸为"十天干"，以子丑寅卯辰巳午未申酉戌亥为"十二地支"。十天干和十二地支按阳干配阳支，阴干配阴支的方法，组成60个基本单位。60年一甲子，60年一循环，周而复始。

中国人讲"天下大势，分久必合，合久必分"，讲"三十年河东，三十年河西"。在我们看来，无论时间还是历史，都在循环往复之中。

在文学创作中，对"变"和"不变"两个方面加以对照，是中国古代诗文一种独特的韵味，一种特有的意境。

比如，王勃在《滕王阁序》中曾写道："天高地迥，觉宇宙之无穷；兴尽悲来，识盈虚之有数。"苍天高远，大地寥廓，令人感到宇宙的无穷无尽；欢乐逝去，悲哀袭来，让人意识到万事万物消长兴衰皆有定数。通过"宇宙之无穷"与"盈虚之有数"两相对照，给人留下无限遐想。

比如张若虚《春江花月夜》写道："江天一色无纤尘，皎皎空中孤月轮。江畔何人初见月？江月何年初照人？人生代代无穷已，江月年年只相似。不知江月待何人，但见长江送流水。"通过江月长明与人生短促两相对照，令人平添无尽惆怅。

再比如苏轼在《赤壁赋》中写道："客亦知夫水与月乎？逝者如斯，而未尝往也；盈虚者如彼，而卒莫消长也。盖将自其变者而观之，则天地曾不能以一瞬；自其不变者而观之，则物与我皆无尽也，而又何羡乎！"由对水和月的描写展开议论，阐发变与不变的哲理，旷达乐观的人生态度溢于言表。

面对时光的流转、空间的变幻，经历人事的代谢、世道的变迁，文人墨客们在感慨逝者如斯、往者已矣的同时，又总是隐隐约约地觉得万事万物并非朝着有去无回的时空领域去，而是被某种神奇的力量牵引，沿着确定的轨迹循环往复。这种意识在诗文创作中表现出来，形成中国文学一道耐人寻味的风景。

"辩证法"一词源自希腊语。这个概念在西方历史上经历了漫长的发展和变化。以对立统一规律、量变质变规律、否定之否定规律为主旨的辩证法，基于黑格尔在《逻辑学》中所作的阐述，在19世纪后发展起来。

我们今天所理解的辩证法，与形而上学相对。

形而上学本是西方古老的哲学分支，系指用超验的思辨方式研究无形体、不可证明的事物。公元前60年，在亚里士多德去世200多年后，安德罗尼柯在编纂其遗著时，将研究自然的、可感觉运动变化的事物的著作编在一起，命名为《物理学》，而把研究事物本质、灵魂、自由意志等经验以外对象的著作编为一部书，放在《物理学》之后，命名为《物理学之后诸卷》。日本明治时期的哲学家井上哲次郎，根据《易经》"形而上者谓之道，形而下者谓之器"一语，将这部书的书名译为"形而上学"。经过清末留日学生将其传回国内，"形而上学"一词最终扎根在了汉语之中。

《物理学之后诸卷》中亚里士多德开启讨论的形而上学关注世界的本原、宇宙万物的生成和演化、时间和空间的本质、自然界的规律法则等问题。它认为，在客观存在之外有一个终极的本体，支配着世界的一切，万事万物都是这个永恒的、终极的本体派生出来的产物。

几经流传，今天汉语中的形而上学一词，指用孤立、静止、片面、表面的观点来看待事物。

仅从中国古人对"变"与"不变"以及二者关系的关注和探讨可以看出，我们的祖先很早就尝试用阴阳二气的交互作用来解释自然和社会的运行，以对立统一规律为核心的辩证法在中国源远流长，有着十分悠久的历史。

在中国古人看来，宇宙间的一切事物，无论任何庞大的事物还是任何微小的事物，都具有"阴"和"阳"两种属性。"阳"代表刚健、向上、生发、外向、明朗、积极；"阴"代表柔弱、向下、收敛、内向、消极。没有阴，阳就不能存在；没有阳，阴也不能存在。阴与阳都以对方作为自己存在的前提。阴阳相互依存、相互转化，决定着事物的发展和变化。

众所周知的太极图，形象而朴素地概括了中国人的这种哲学观念。

太极图由黑白两个鱼形纹共同组成一个圆形图案。这黑白两个鱼形纹俗称为"阴阳鱼"，黑色代表阴，白色代表阳。两个鱼形纹在一个圆内，表示阴阳共同构成一个整体。两个鱼形纹头大尾小，尾部纤细表示初生的阴阳还处在弱小的状态，头部硕大表示阴阳已经达到了极值，从纤细的尾部到硕大的头部，表示阴阳由小到大、由弱而强的生长变化。黑色鱼形纹的头部有白点，白色鱼形纹的头部有黑点，表示当阴达到极值时，阳就在阴当中产生了，当阳达到极值时，阴就在阳当中产生了。

讲求中庸之道就是追求总体效益最大化

从很久以前开始,我们的祖先就倡导做人做事要恪守"中道"。

据清华简《保训》载,周文王姬昌临终之际,以舜求中得中和上甲微假中持中的故事告诫周武王姬发。他讲:从前舜出身于民间,亲自参加耕作,通过努力探求领悟了"中道"并切实加以践行,舜的行为得到尧的赞赏,尧就把自己的君位传给了舜。从前上甲微请求河伯做中人,裁决有易杀害其父王亥的罪行,河伯判定有易有罪,上甲微于是向有易复仇,有易被迫认罪。上甲微没有加害有易,并把以直报怨的"中道"归于河伯。上甲微谨记"中道",传递给子孙,一直到成汤,恭敬奉行不敢懈怠,因而得到了天命。

据《论语·尧曰》,尧禅位给舜时告诫说:"天之历数在尔躬,允执其中。四海困穷,天禄永终。"他讲:上天之命已经落在你的身上了，一定诚实地保持"中道"！如果天下百姓困苦贫穷，上天赐给你的禄位也就会永远终止。

据《尚书·大禹谟》，后来舜禅位给禹时也告诫说："人心惟危，道心惟微，惟精惟一，允执厥中。"

人的思想不可能凭空产生，都有其渊源和由来。从尧舜禹汤文武传下来的执守"中道""允执厥中"的观念和态度，经后来的儒家继承和弘扬，阐发为"中庸之道"。

"中庸"一词始见于《论语》。从现在可考的文献看，孔子是正式使用这个词的第一人。在继承总结前人思想的基础上，孔子明确地把"中庸"作为一个道德原则提了出来。

孔子十分推崇中庸之德，认为这是普通人很难达到的一种境界。他讲"舜其大知也与！舜好问而好察迩言，隐恶而扬善，执其两端，用其中于民。其斯以为舜乎"，对舜身体力行中庸之德大加赞美。他讲"君子中庸，小人反中庸。君子之中庸也，君子而时中；小人之反中庸也，小人而无忌惮也"，把是否具备中庸之德作为区分"君子"与"小人"的标准。他还感叹人们缺失这种至高的德行为时已久，自己找不到具备这种德行的人交往，只能与狂者、狷者为伍。

据《论语》记载，孔子的学生子贡问他，子张和子夏两个弟子谁更好一些。孔子说，子张做事常常过头，子夏做事常常达不到要求。子贡说，这么说来，子张比子夏强一些。孔子说，做事过头和达不到要求都一样。

何谓"中庸"，虽然孔子没有专门解释，但从他的言论尤其是对人和事的点评来看，其主旨在于凡事保持适度的标准，不偏不倚，无过无不及。

孔子毕生致力于复兴周礼，寄望于通过以礼调和社会，重新建立井然的秩序。孔子把奉行中庸之德与复兴周礼紧密结合起来，强调"礼所以制中"，主张礼就是中庸之德的具体规定，合乎于礼即合乎于中庸之德。他认为，虔敬而不合乎礼谓之粗野，谦恭而不合乎礼谓之谄媚，勇敢而不合乎礼谓之乖逆，都是不适中、不恰当的行为。

孔子"礼所以制中"的思想，以后成为儒家学者在礼的问题上的基本看法。后来荀子讲："先王之道，仁之隆也，比中而行之。曷谓中？曰：礼义是也。"《逸周书·度训解》也说："夫力竞，非众不克；众非和不众，和非中不立；中非礼不慎，礼非乐不履。"

从《论语》中能明显感受到，孔子是个温和的人，性情不急不躁，处世不亢不卑，说话留有余地，做事注意分寸。可以说，中庸既是孔子的思想主张，也是他恪守的为人行事的准则。

《中庸》一书由孔子的孙子、战国时期的子思所著。书中把"中庸"确立为道德行为的最高标准，把"至诚"确立为做人的最高境界，围绕着如何达到"至诚"、如何实行"中庸"，提出了一整套人生修养的路径和方法。

《中庸》原是《礼记》的一篇，宋之前未曾单独刊印。经过北宋程颐、程颢等大加尊崇、发幽阐微，到南宋时朱熹将其从《礼记》中抽出来独立成书，与《论语》《孟子》《大学》合编为"四书"，最终确立儒家经典的地位。

朱熹在其撰著的《中庸章句》中，开篇即将"中庸"定义为"中者，不偏不倚、无过不及之名。庸，平常也"，紧接着杂引"二程"关于中庸的论述讲："子程子曰：不偏之谓中，不倚之谓庸。中者，天下之正道，庸者，天下之定理。此篇乃孔门传授心法，子思恐其久而差也，故笔之于书，以授孟子。其书始言一理，中散为万事，末复合为一理，放之则弥六合，卷之则退藏于密，其味无穷，皆实学也。善读者玩索而有得焉，则终身用之，有不能尽者矣。"

那么，怎样理解中庸之道，如何养成中庸之德？

中庸之道首先是务实之道。这里所谓务实，最重要的一点，就是不妄想着、不试图去改变周遭的一切，始终在承认客观事物和外在环境不以人的意志为转移的前提之下，坚持从实际出发，实事求是地作出判断和选择取舍。更直白地讲，不是要革客观事物的命，而是要革我们自己的命，不是让外在环境来适应人，而是人最大程度地克服主观局限，主动适应外在环境。

所以，中庸之道也即中和之道。讲中庸，就是讲包容，讲接纳，讲善与天地万物共处。

我们身边常不乏可称为完美主义者的一类人。他们活在自己的世界中，对客观实际视而不见，固执地从主观感受出发，凭个人好恶褒贬事物。他们对周围一切都不满意，对任何事情都吹毛求疵，且总是要求别人做出改变，从来不反省自己是否需要有所改变。这类人近似于强迫症患者，其病因是以自我为中心、单向思维和偏执极端。

"叹人生，不如意事，十常八九。"世界本无尽善尽美，现实总是难遂人意。讲中庸，必须摒弃凡事追求完美。

中庸之道必然是综合之道。所谓综合，就是把事情放在由普遍联系构成的整体关联之中，由矛盾对立统一决定的动态发展之中，充分照顾到事情的多个方面和发展演变的多种可能性，在统筹兼顾基础上比较选择，找出相对最优的问题解决方案。

换言之，讲中庸就是算大账、算总账，追求最大公约数，求得总体效益最大化。

所以，中庸之道也即兼顾之道、平衡之道。就此而言，儒家讲"中庸之道"，与道家讲"道法自然"，与佛家讲"中道"思想、"中观"思想，虽然各有侧重，却不乏共通之处。

当局者迷，旁观者清。人对于与自己没有关系的事情，相对比较容易做到思虑周全、持论中肯。而对于与自己存在利害关系的事情，往往因为纠结于个人得失，变得小气局促。有些人为了一己之私而不惜伤害他人利益，最终事与愿违，不仅招致个人利益受损，而且自己落得为众人所唾弃。

孔子讲："己所不欲，勿施于人。""己欲立而立人，己欲达而达人。"中庸之道是推己及人之道，立己达人之道。讲中庸，必须妥善处理利己和利人的关系。

中庸之道终归是人伦日用之道。如前所引述，中庸之"庸"，"二程"本来解释为"不倚之谓庸""庸者天下之定理"，而朱熹解释为"庸，平常也"。朱熹在《中庸或问》里对此专门作了说明："曰：庸字之义，程子以不易言之，而子以为平常，何也？曰：惟其平常，故可常而不可易。若惊世骇俗之事，则可暂而不得为常矣。"在他看来，道理不能离开人伦日用，诡异高难的东西无法长久，只有平常的东西才能够长久。他强调《中庸》是"实学"，也是讲中庸之道不离于生活日常。

从被孔子赞为至高至上的品德，到子思撰著《中庸》，经过"二程"大力推扬，再到朱熹完成《中庸章句》，中庸之道终于走进了大众生活。

在汉语中，中庸也用来指中等、平常之人，比如《颜氏家训》说："上智不教而成，下愚虽教无益，中庸之人，不教不知也。"或者，正因为社会中多数人都是中等、平常之人，所以不得不行中庸之道。

我高考那年夏天，拿到大学录取通知书后，有天母亲与我谈了次话，她说：人不能只顾一头。你现在学业有成了，以后参加工作是顺理成章的事。从现在开始，应该考虑找女朋友了。要知道，做好这个事情不比读书容易。30多年过去了，母亲离开我们快两年了，当初她讲的这段话，我至今记忆犹新。

参加工作后回老家，前几年父母亲总要问下工作情况，后来不怎么不问了，再后来听都不愿意听了，他们关心的事情从工作怎么样变成了身体怎么样、生活怎么样，包括有没有打牌熬夜，有没有喝酒过量，空闲时间怎么过，陪娃娃的时候多不多，等等。

我父母没有读过《中庸》，但是他们对我的教导，特别是告诫我"人不能只顾一头"，却颇合乎中庸之道。在他们看来，对普通人来讲，圆满的人生应该是生存的、享受的、发展的，物质的、精神的、情感的，个人的、家庭的、社会的多个方面的需求都得到适当满足的人生。越是能照顾到多方面需求，越接近于人生的幸福。因某个方面的欲求过于强烈而牺牲其他方面需求的实现，因小失大，得不偿失。

讲中庸也就是讲合适、适度，讲恰到好处、恰如其分。但是何为"有度"何为"无度"，何为"安分"何为"过分"，并没有具体的标准。

因时因地因人而异地进行综合权衡，作出合理的选择，最能见出一个人人生修养的功夫。养成这种功夫，需要克服情绪的束缚，摆脱欲望的陷阱，不断战胜人性的弱点。这种修养功夫，不经过岁月的打磨和阅历的积累，不经历人世的感悟和思想的沉淀，不能运用自如。

纸上得来终觉浅，绝知此事要躬行。中庸之道本身并非高深难解、遥不可及的道理，非知之难，行之惟艰。

中国人讲究对称。在中国的诗歌、绘画、楹联、书法、瓷器中，随处可见对称。尤其是中国的建筑，从皇城宫苑到普通民居，处处皆是对称。梁思成说："中国建筑，其所最注重者，乃主要中线之成立。无论东方、西方，再没有一个民族对中轴对称线如此钟爱与恪守。"我们最注重的中线，或者即舜所求取的"中"，上甲微所假所持的"中"，以另一种形式的呈现。

经过在岁月中熏陶浸润，"中庸之道"渗透在中国思想文化的方方面面，融汇在中国社会生活的方方面面，贯穿在中国人待人接物的方方面面，成为大多数中国人为人的根本态度，处世的根本立场，做事的根本方法，评价事物的根本标准，成为中国人最重要、最鲜明的行为特点和思维特征。

看重
宽厚包容

水滋养万物。人类最早的文明都诞生在大河流域。水不仅满足人类生存的需要，而且引发人们思考，带来智慧的启迪。古希腊米利都学派的创始人泰勒斯认为水是万物的本原，"水生万物，万物复归于水"。

中国古人很早就开始积累与水打交道的经验。据说大禹治水采取了疏导而非堵截的方法。后来都江堰水利工程的建设则被视为因势利导的一个典范。

中国的先哲们则常常借由观水的感悟，阐发对社会人生的看法。

比如《管子·形势解》讲："海不辞水，故能成其大。山不辞土石，故能成其高。明主不厌人，故能成其众。士不厌学，故能成其圣。"

比如老子讲："上善若水，水善利万物而不争。""江海之所以能为百谷王者，以其善下之，故能为百谷王。""天下莫柔弱于水，而攻坚强者莫之能胜，以其无以易之。"

比如孔子讲"仁者乐山，智者乐水"。而据《荀子·宥坐》以及《孔子集语》的记载，孔子认为水有"九德"，即体现了德、义、道、勇、法、正、察、善化、志九种品行。

比如孟子通过说明无源之水难以持久，只有有源之水才能不舍昼夜地奔流，警示人们"声闻过情，君子耻之"。他用水打比方说："人性之善也，犹水之就下也。人无有不善，水无有不下。"他还讲"观水有术，必观其澜。日月有明，容光必照焉。流水之为物也，不盈科不行；君子之志于道也，不成章不达"，强调加强修养要打好基础，循序渐进，厚积薄发。

比如荀子用"冰，水为之，而寒于水"和"不积细流，无以成江海"阐明"学不可以已"的道理。他把君王比喻成船，把百姓比喻为水，提出"水则载舟，水则覆舟"。他还认为人心犹如盘中之水，盘中之水必须"正错而勿动"才能清晰地照见事物，人心只有通过"导之以理，养之以清"，达到"虚壹而静"的状态，才能不为外物所蔽，做到明察秋毫。

先秦诸子中，庄子可以说是思想最浪漫、处世最旷达的人。这样一个人，对水又有什么样的领悟呢？

收入《庄子》外篇的《秋水》中，作者借海神"北海若"之口讲："天下之水，莫大于海，万川归之，不知何时止而不盈；尾闾泄之，不知何时已而不虚。春秋不变，水旱不知。此其过江河之流，不可为量数。而吾未尝以此自多者，自以比形于天地而受气于阴阳。吾在于天地之间，犹小石小木之在大山也；方存乎见少，又奚以自多？计四海之在天地之间也，不似礨空之在大泽乎？计中国之在海内，不似稊米之在大仓乎？号物之数谓之万，人处一焉。人卒九州，谷食之所生，舟车之所通，人处一焉。此其比万物也，不似毫末之在于马体乎？五帝之所连，三王之所争，仁人之所忧，任士之所劳，尽此矣。伯夷辞之以为名，仲尼语之以为博，此其自多也，不似尔向之自多于水乎？"

《秋水》以寓言的形式，说明在无限广大的宇宙中，任何个人都微不足道，任何自以为是、自我夸耀只会贻笑大方。可见性情张扬的庄子，其实不失谦逊。

任何事物都有多重属性。人对事物的认知也总是见仁见智的。人在观察事物中得到什么样的体验和感悟，对事物持何种看法，强调事物的何种属性，往往与自身有着微妙的关联。对水所体现的宽厚包容的品质，中国的先哲们众口一词加以褒扬和推崇，恰恰证明了他们非常看重这种品质且自己就是具有这种品质的人。

唐代韩愈作《原道》，提出了"尧舜禹汤文武周孔"的儒学传道系统。尧舜禹汤的事迹，因时代久远湮没难知。从今天仅存的文献看，"文武周孔"都属于宽厚包容一类人。

比如周文王，史载他"笃仁，敬老，慈少。礼下贤者，日中不暇食以待士，士以此多归之"。

又如周武王，史载殷商覆灭后，他并没有对商纣王的后人赶尽杀绝，而是把殷朝的遗民封给商纣的儿子武庚；为了表彰古代帝王的功德，他还封神农氏的后代于焦国，封黄帝的后代于祝国，封尧帝的后代于蓟，封舜帝的后代于陈，封大禹的后代于杞。

再如周公，史载他派长子伯禽代他去管理鲁国，临行时告诫伯禽："我文王之子，武王之弟，成王之叔父，我于天下亦不贱矣。然我一沐三捉发，一饭三吐哺，起以待士，犹恐失天下之贤人。子之鲁，慎无以国骄人。"据刘向《说苑·尊贤》载，孔子称道周公礼贤下士说："昔在周公旦制天下之政而下士七十人，岂无道哉？欲得士之故也，夫有道而能下于天下之士，君子乎哉！"

至于孔子，虽然他毫无争议地是当时最有学问道德的人，但是身段却放到了不能再低。他讲："三人行，必有我师焉。择其善者而从之，其不善者而改之。"又讲："敏而好学，不耻下问，是以谓之文也。"他这样说也这样做。史载孔子曾向郯子请教官职名称，向苌弘请教音乐，向师襄请教弹琴，向老聃问礼。孔子是个好学的人。他好学最难能可贵之处，远不止于学而不厌，更在于始终保持虚怀若谷。

某种思想义化的开创者的禀性，持什么样的思想主张，有什么样的精神气质，如何为人处世，怎样待人接物，从原初上塑造了这种思想文化的基本特征和基本面貌，深刻而长久地影响其发展演进。最早为中国思想文化注入精神气质，打下深刻烙印的这些人，大都有着宽厚包容的品质。这不能不说是中国思想文化的一大幸事！

以"法"克服
"人不如人"的问题

人与法是一种什么样的关系?到底人更重要还是法更重要?治理国家和社会究竟应该主要依靠法还是人?

这其实都不是新问题,而是中国古人已经有明确答案的老问题。

所谓法,广义地讲即规矩。孟子讲"不以规矩,不能成方圆"。儒家推崇制礼作乐,目的就是定规矩。可以说中国古人历来重视"法"的作用。

与此同时,从在国家和社会治理中所起的作用来看,中国古人普遍认为人比法更重要。

相关的论述很多。比如早在西周时期,姜尚就提出"治国安家,得人也。亡国破家,失人也"。比如《管子》讲:圣王之治,"非得人者,未之尝闻";暴王之败,"非失人者,未之尝闻"。"人,不可不务也,此天下之极也。"比如《中庸》讲:

"文武之政，布在方策。其人存，则其政举；其人亡，则其政息。""故为政在人。"比如诸葛亮讲："治国之道，务在举贤。"比如唐太宗李世民讲："为政之要，惟在得人。"比如清康熙皇帝讲："致治之道，首重人才。"

孟子一方面主张"不以规矩，不能成方圆"，强调"法先王"，另一方面认为"徒善不足以为政，徒法不足以自行"，强调选贤才。

这方面尤其值得关注的是荀子。荀子十分重视法的作用，其思想直接影响了法家的代表人物韩非子，但在"人治"与"法治"的问题上，他仍然坚持认为治的关键在于"人"而不在于"法"。

他讲："有乱君，无乱国；有治人，无治法。羿之法非亡也，而羿不世中；禹之法犹存，而夏不世王。故法不能独立，类不能自行，得其人则存，失其人则亡。法者，治之端也；君子者，法之原也。故有君子，则法虽省，足以遍矣；无君子，则法虽具，失先后之施，不能应事之变，足以乱矣。不知法之义而正法之数者，虽博，临事必乱。"

他还讲："故有良法而乱者，有之矣；有君子而乱者，自古及今，未尝闻也。"

孔子讲："人能弘道，非道弘人。"

在中国古人看来，创造"法"的是人，没有先于人存在的"法"；把"法"付诸实施的也是人，如果没有合适的人来加以实行,再好的"法"也难以发挥应有的效应。所以人较之于法,是更具根本性的因素。

当我们谈及历史上某个朝代的衰亡,常常归结为积弊丛生、积重难返,列出的具体原因,往往从内在的政策失误到外部的干扰因素等一大堆。在普遍联系的角度,事物的演变固然是多种因素共同交替作用的结果,一朝一代这样有着庞大复杂结构的事物更是如此,但如果不能在众多原因中找出起决定性的因素,那么只会给人似是而非的印象,而历史鉴古知今的功能亦无从发挥。面面俱到的背后,常常是不得要领。并不是说列出的影响因素越多,就越接近揭示一个朝代衰亡的真相。罗列的原因越多,很可能反而距离真相更远。

造成历朝历代衰亡的原因虽然各不相同,但都无可避免地与人有着莫大的关系。一个王朝从衰退到覆灭之间遭遇的问题,未必比它从兴起到鼎盛过程中面对的问题更难以解决。实则开创一项事业付出的艰辛通常远远大于延续一项事业。而即便其难易大约相当,为什么当初能够有效地解决问题,到后来就束手无策了呢?根本的原因恐怕还在于人,在于人不如人。因为人不如人,所以之前不成为问题的事情,现在变成了无法克服、无法应对的问题。

这种状况绝不限于一朝一代。一家一姓,一乡一邑,一单位一公司,大大小小任何一个社会团体,其兴衰存亡莫不如此。

人与法相辅相成。这正如明代海瑞讲："得其人而不得其法，则事必不能行；得其法而不得其人，则法必不能济。"人治与法治的争论对立，有人们认识把握社会治理角度的差异，而近代以来西方中心论的推波助澜也不容忽视。法治是人类文明的重要成果，是今天推动中国社会发展进步的必由之路。走好法治中国建设的路，既需要用人类文明的成果克服自身局限，也需要用中国智慧超越西方中心论的影响。

不知人
无以任事

如前所引述，儒家经典《礼记》描述"大同"社会的景象说："大道之行也，天下为公，选贤与能，讲信修睦。"在人们看来，实现"大同"必须施行"大道"，只有施行"大道"才能实现"大同"；施行"大道"主要从三个方面做工作，即秉承天下为公的政治理念，坚持选贤任能的用人导向，营造讲信修睦的社会风气。

这说明在很早以前，选贤任能即被认为是政治方向确定后政治实操层面需要解决的首要问题，是实现有效社会治理的关键所在和关系社会治乱兴衰的重大问题。

"青青子衿，悠悠我心。但为君故，沉吟至今。呦呦鹿鸣，食野之苹。我有嘉宾，鼓瑟吹笙。"一部中国古代史，几乎就是一部帝王将相、英雄豪杰、仁人志士求贤若渴，礼贤下士的历史。

在这个过程中，人们留下的最深切的感慨是人才难得，恰如孔子曾经讲的"才难，不其然乎"。

这个感慨，不仅任何一个有经验的政治家或担负过实际责任的管理者会有，而且任何一个对中国历史有过认真思考或对社会生活作过深入观察的人也会有。

可以说，"人才难得"这四个字，浓缩了中国人自古以来在选人用人问题上多方面的心得体会。

首先，人才之所以难得是因为人才数量极其有限。

在中国历史上，大凡有志于兼济天下、造福苍生者，有志于建功立业、兴利捍患者，有志于匡扶正道、救民水火者，莫不殚精竭虑、想方设法搜罗招揽人才。传为美谈的事迹，如周文王访姜太公于渭水，周公握发吐哺，秦穆公羊皮换相，齐桓公不计前嫌重用管仲，燕昭王筑黄金台招贤，萧何月下追韩信，刘备三顾茅庐，等等，不胜枚举，不一而足。

我们不禁要问：优秀的人难道那么不好找吗？犯得着煞费苦心、绞尽脑汁，披星戴月、顶风冒雪，一刻不闲地满世界到处去找人吗？

回答是确定的。虽然从古到今我们都保持着不小的人口基数，但是无论在哪个方面哪个领域，真正优秀的人都少之又少。千军易得，一将难求。如果不付出十二万分的诚意、十二万分的努力，无法找到这些真正优秀的人。即便付出了十二万分的诚意、十二万分的努力，如果没有十二万分的运气，那么也无法找到这些真正优秀的人。

《管子》一书讲："一年之计，莫如树谷；十年之计，莫如树木；终身之计，莫如树人。一树一获者，谷也；一树十获者，木也；一树百获者，人也。"

虽然培养人才获得的回报十百倍于栽种谷物和树木，但是人才培养的难度可能也十百倍于谷物和树木的栽种。

一块土地，在气候、土壤等耕种条件不发生大的改变的情况下，种植同样的作物，每年的产出是个大致恒定的数量。人群中人才的涌现状况也大约如此。耕种条件的改善，比如土壤肥力的提高、种植技术的优化等，可以增加土地的产出。教育培养条件的改善，当然也有助于促进人才的生成，但较之于土地增加产出，人才的生成过程更加复杂，难以在短时间内见到成效。在需要用人的时候才想着加强教育培养，"犹七年之病，求三年之艾也"。

更进一步看，世间一切事物，想要打磨成材担当大用，必须可堪造就，是那块料才行。筷子充不了大梁，麻袋做不出龙袍。不是那块料，无论别人怎么费心，自身如何尽力，终将劳而少功，事与愿违。

孔子深刻洞悉这个道理。他讲："朽木不可雕也，粪土之墙不可圬也。"孟子在这个问题上的看法与孔子高度一致。他讲"君子有三乐"，"得天下英才而教育之"是其中之一。他希望自己教授的学生本身是英才，而没有奢望能把禀赋欠缺、资质平庸的学生教育培养成英才。

"盖世必有非常之人，然后有非常之事；有非常之事，然后有非常之功。非常者，固常人之所异也。"人群中具备优秀资质和禀赋的人永远是有限的。在任何地方，在任何时候，真正的人才无不寥若晨星，如凤毛麟角。看不到这一点，不足以谈人才的重要性。

其次，人才之所以难得是因为识别人才极其不易。

今天谈及识别人才，人们总是立马联想到体制机制。体制机制当然很重要。中国古代自隋唐实行的科举取士制度，在一定时期内对国家和社会治理产生的重大的积极意义不言而喻。但是，包括科举取士制度在内的体制机制所针对解决的问题，很大程度上是如何确保选拔储备满足社会需要的数量充足的常规性人才，而不是如何发现和找到真正优秀的人才。

在中国历史上，优秀人才每每在改朝换代、新旧交替之际集中涌现。当此旧已破而新未立之时，一方面社会动荡，纲纪倾颓，体制机制并不完善甚至荡然无存；另一方面却不乏杰出之士于沧海横流中闪亮而出，以文治武功担当身前事，留下身后名。

由此可见优秀人才的有无多寡，与体制机制的好坏优劣之间，未见得存在着人们习以为常的必然联系。绝不是体制机制好了，就必定能发现更多优秀人才。而无论体制机制有多么不堪，都未必能阻挡优秀人才涌现。在识别优秀人才的问题上，体制机制常常处于失灵的状态。

一个人是不是人才，不以样貌、外表论。中看的未必中用，金玉其外败絮其中者所在皆是。

一个人是不是人才，不以出身、家世论。"君子之泽，五世而斩""富贵传家，不过三代"。虽然话说虎父无犬子，但是实际情况大多子不如父，孙不如子。将相本无种，英雄不论出身。

一个人是不是人才，不以地位、身份论。某个人能够走上显要岗位，得到社会认同，有各种各样的原因。有靠论资排辈得来的，有靠关系运作得来的，有靠先辈荫庇得来的，有纯属机缘巧合轮到人家的，未必都是凭着真才实学干出来的。左思《咏史》诗云："世胄蹑高位，英俊沉下僚。地势使之然，由来非一朝。"身居上位者未必优秀，寄身下僚者未必不优秀。

一个人是不是人才，不是自己说了算。历史上有自诩为人才且后续事实证明确实是人才的情况，比如毛遂自荐，但多数属于王婆卖瓜自卖自夸。

一个人是不是人才，社会评价可以参考，但是也未可全信。人们对某个人给予好评，固然因为这个人有好的表现，但究竟好在什么地方，比如是外在形象好还是内在气质好，是工作业绩好还是工作态度好，是能力素质好还是思想品质好等，需要做具体的分析。与此同时,对评价者方面的情况,比如是不是因为受人恩惠才说好,是不是因为有求于人才说好,是不是因为利益捆绑才说好,是发自内心地觉得好还是为敷衍情面说好,是基于个人的独立判断觉得好还是人云亦云跟着别人说好等,也需要做具体的分析。

更进一步看,由于人都有多个面相且每个面相都经过有意无意地包裹和修饰,由于多数人缺乏足够的洞察力、鉴别力和判断力,所以,无论真正了解他人的人,还是真正为他人所了解的人,其实都极其有限。我们风闻的关于某个人的那些好评,很可能与人的真实状况相去甚远,别人赞为人才者未必即人才,甚至众人赞为人才者也未必真是人才。

白居易诗云:"赠君一法决狐疑,不用钻龟与祝蓍。试玉要烧三日满,辨材须待七年期。"不经过较长的时间,通常难以了解一个人的真实面貌。但经过较长的时间,也未必就能了解一个人的真实面貌。知人识人,仅有时间的付出是远远不够的,更重要的是慧眼。

韩愈在《马说》中写道:"世有伯乐,然后有千里马。千里马常有,而伯乐不常有。"这个话稍作修改应该更准确——"世有伯乐,然后有千里马。千里马不常有,而伯乐更罕有。"

伯乐之所以善于相马,首先在于他有那个天分,其次在于他有机缘发挥这个天分,即在长期和马打交道的过程中对马进行深入的研究,掌握相马的技巧。

相马有技巧，相人当然也有技巧。相人的技巧，肯定不是民间流行的看手相、看面相、看生辰八字那一套，也肯定不是"酒品见人品""牌品见人品"那一套，它不像某个学科的知识那样可以学而知之，也无法在师徒之间口传心授。它是有那个天分的人，在具备相当阅历、积攒足够经验基础上，开启的知人识人的智慧和眼光。缺失这种智慧和眼光，不足以谈识别人才。

常言道，"多琢磨事少琢磨人"。

这个话用来勉励新入职员工和普通层级员工立足自身岗位，认真钻研业务，把做好本职工作作为在团队中的立身之本。这毫无疑问是正确的。

这个话用来告诫年轻人争取成长进步要努力通过做出实绩获得大家认可，而不要总想着靠取巧卖乖、哗众取宠甚至曲意讨好逢迎领导走捷径。这毫无疑问是正确的。

这个话用来提醒人们处理问题要出以公心、客观公正，避免因为人际关系的远近亲疏有所偏颇，甚至歪曲事情本身的是非对错。这毫无疑问是正确的。

这个话用来警示人们不要在团队中无原则地搞选边站，尤其要避免以人身依附为晋身之阶，在不同领导之间无原则地搞选边站，任何时候不妄图利用人际关系上的矛盾从中渔利，更不能为达到个人目的挑拨离间制造矛盾。这毫无疑问是正确的。

但是，对于带团队的人来说，对于处在一定层级上担负管理责任的人来说，这个话毫无疑问是不正确的。

道理非常简单。如果对团队中人的实际情况，各自的成长经历、工作履历、能力素质、性情脾气、长处短处、优点缺点、个人意愿等没有比较清楚的了解，不能做到心中有数，那么，对于把什么样的人放到什么岗位上，把什么任务交给什么人，让哪些人处理哪样的问题，挑选谁和谁组成搭档，乃至对于如何从现有的人员构成出发，设立团队的发展目标，选择可行的发展路径，确定在一定阶段做哪些事，不做哪些事，都不可能作出合理的安排部署。对人的情况不清不楚，想当然地排兵布阵，结果必然把事情搞得一团糟。

知人方能善任，不知人无以任事。对于领导者，谋人和谋事构成履职尽责的两个方面，二者缺一不可。

再次，人才之所以难得是因为用好人才难能可贵。

这是在识别人才之后如何任用人才的问题。这方面成功的经验和失败的教训很多，相关的论述也很多。比如用人所长，不求全责备；比如用人不疑，疑人勿用；比如信赏必罚，赏罚得当等。

任用人才的问题，主要是任用者一方如何对待被任用者一方的问题。在双方关系中，任用者一方居主导地位，被任用者一方居从属地位。但是人毕竟不是机器，被任用者不可能像机器那样按照任用者设定的程序自动运转，而是不断地在彼此互动中对任用者施以影响。

不仅如此，由于双方走到一起是为了做事，所以他们彼此的相处必定是近距离的和长时间的。与此同时，由于做事的不可能只有两个人而一定还有其他人，所以他们彼此的相处与他们和其他人的相处是紧密交织在一起的。这种情况下，容易情绪化、容易感情用事、容易受环境影响、容易听信流言、容易相互猜忌，不肯认错、听不得不同意见、找不准自身角色、热衷攀比、喜欢显摆等一些人身上常见的问题必然充斥在他们彼此的相处之中。如果不能妥善处理这些问题，势必导致双方扯筋割孽，甚至一拍两散。

所以，任用人才的问题，在很大程度上也即是由共同目标任务连接起来的双方如何相处的问题，其关键在如何解决中国社会下人际相处中随时滋生的那些问题，如何协调好人与人的关系。看清楚这一点，无论对任用者还是被任用者都很重要，对任用者则尤其重要。看不到这一点，不足以谈用好人才。

回顾过往不难发现，优秀的人常常以结伴同行的方式走上历史的舞台，进入人们的视野。故事开始，总是会有抱负不凡的一个人率先出场。起初，他就从周围人中，或者通过从传闻中捋出线索，发现和找到一两个、两三个愿意一起做事的人，组成最早的团队。然后，这几个人采取类似的方式，把他们认为合适的人分别推荐出来，引进到团队中。再然后，新来的那些人又把他们认为合适的人推荐出来，充实到团队中。最后，人因事而聚，事因人而兴，越来越多的优秀人才聚集涌现，共同把事业做大。

"英雄惜英雄，好汉惜好汉。"这样的故事，中国人都会觉得有几分似曾相识。类似的场景在历史上反复呈现，积淀形成一种耐人寻味的文化现象。它随时提醒我们：选人用人的事情只能由人来完成，是身为领导者理所当然的责任；只有处在相同层次和境界的人，才能真正读懂和欣赏对方；必须你自己是人才，你才能识别人才、用好人才。

由谈论儒学
反观自己

从孔子目睹王道衰微、忧心礼崩乐坏、民生多艰，立志匡扶世道、经世济民，创立儒家思想学说，倡导仁德礼治，开创私人讲学之风，到今天已经2500多年了。

一种思想学说，从陪伴我们的祖先到现在陪伴我们，不离不弃地与一个民族一道，穿越漫长岁月，经历兴废沉浮，走过前世今生。我们有责任充分了解它，努力读懂它。

站在今天这个时间节点上，回望孔子及儒学的发展历程，颇多值得思索处。

首先，孔子创立的儒学不是一般化的思想学说，而是针对当时存在的问题提出的救世主张。现实问题是出发点，解决现实问题是落脚点，围绕现实问题探索求解是着力之处。强烈的现实关怀，决定了儒学有着鲜明的"社会问题解决方案"的特点。

所以，儒学的发展既是思想学说遵循其内在逻辑逐步完善、形成体系的过程，又是思想认识随社会演进不断调整、与时俱进的过程，还是思想主张付诸治理实践、转化为国家政策和社会规范的过程。儒学在三个维度上的展开，是它在发展中呈现的三个面相。这三个维度是把握儒学真实状况应有的三个角度。这三个维度中，尤其应该注意的是思想主张付诸治理实践、转化为国家政策和社会规范的过程。

就此而言，儒学虽然在先秦发展成为诸子百家中的"显学"，但是付诸治理实践非常有限；虽然在汉武帝时成为社会的主流思想，但是转化为国家政策和社会规范仍然有限；直到程朱理学在南宋理宗时确定为官方哲学，《四书集注》在元仁宗时确定为科举考试指定用书，其思想主张才全面付诸实践，充分转化为国家政策和社会规范。

一种思想学说能否实现经世致用，取决于它在多大程度上满足社会需求，同时取决于它如何推广自己，能否建立进入社会的合适路径，能否找准对人群施加影响的正确方法。儒学在董仲舒时代首次上位，在宋元时期全面上位，后一次上位较之首次上位，不仅思想学说本身更加切合人群实际，而且运用推广自己的路径、方法更有针对性和操作性。

或者可以这样说，先秦时期的儒学仿佛朝气蓬勃的少年，正强健其体魄，充实其思想，走在充满希望的路上；汉武帝时期的儒学犹如意气风发的青年，正式踏入社会，牛刀初试，崭露头角；宋元时期的儒学进入风华正茂的壮年，经过一路的摸爬滚打，经过生活的跌宕起伏，经过长期的积累沉淀，心智走向成熟，事业绽放光彩。

其次，孔子创立的儒学来自时代，同时有着超越时代的长久生命力。

孔子深入时代的深处，人心和人性的深处，从中寻绎出对中国人具有根本性、普遍性和永恒性的问题——如何处理人与人的关系，并把探求这个问题的解决之道作为自己义不容辞的使命，由此确立了儒家思想学说的核心命题。

他把个体的人与人的关系，从家庭成员之间扩展到家族成员之间、社会成员之间，扩展到人与所在群体、所在社会之间，扩展至群体与群体之间、社会与社会之间，提出把"仁爱"作为处理所有关系的根本原则，并阐述了具体处理不同关系、对待各种事物应有的态度，由此确立了儒家思想学说的核心价值理念。

孔子之后，后世儒学无论怎样发展演变，始终万变不离其宗，都没有超出和脱离他所确立的核心命题和核心价值理念。

再者，孔子整理古籍删定六经，确立了儒学发展守先待后、承前启后的思想方法传统。

但凡谈中国传统思想文化，必然提到四书五经。四书五经是儒家思想的核心载体。四书形成在孔子之后，五经则是孔子亲自选编定稿的儒学教科书。

《诗》《书》《礼》《乐》《易》《春秋》六部书，从远古流传下来，凝聚着先人的智慧，是当时最重要的文献典籍。孔子对六部书进行整理，删《诗》《书》、定《礼》《乐》、赞《周易》、序《春秋》，确立文本并以之教授弟子。（《乐》后来或因焚书坑儒或因秦末战火散失，剩下的五部书在汉武帝时确定为"五经"。）这不仅接续了尧舜禹汤文武周公以来的"道统"，而且确立了儒学发展在守先基础上待后、在承前基础上启后的思想方法传统。后世儒家效法孔子，依托孔子删定的六经阐发思想学说，从而形成了儒学发展以经为根基和主干，以对经的训诂、解释为枝叶，根深枝繁叶茂的盛况。

孔子不是一个热衷于创新的人。他自称"述而不作，信而好古"。他自己未曾著书立说，把大把的时间花在做近似于编辑、校对和注释一类工作上；相信且热爱古代的东西，致力于使其得以传之后世。

孔子不向往开创一个新世界，而是从"夏传子，家天下"以来的过往历史之中，筛选出一段符合心意的光景，作为理想社会的蓝本。他是殷商王室的后裔，但是对周朝的礼仪制度心驰神往。他讲："周监于二代，郁郁乎文哉！吾从周。"在他看来，周朝的礼仪制度之所以那么丰富多彩，很重要的一个原因是注重取法继承夏商两朝好的做法。

孔子很显然是个守旧的人,正因为他守得住旧,所以能够立新。

推陈出新,首先要推崇过去好的东西,才能做得比过去更好。出新意于法度之中,首先要理解、恪守法度,才可能赋予它新意。对有些长期存在和延续的事物,宁可不创新也不宜盲目创新。在这个方面,孔子为后世作了表率。

还有,孔子为儒学注入了一种与他本人个性深相契合的气质——知其不可为而为之的入世精神。

孔子主张通过对人施行教化以规范人的行为,通过规范人的行为以理顺社会关系,通过理顺社会关系最终实现社会安定有序。他所追求的立德树人的目标,不在治标而在治本,不限于救一时之急,更在于开万世太平。如此远大的目标,绝非朝夕之功所能达成。

孔子生活在诸侯争霸、斗智角力的时代。这样的时代,是吴起商鞅的时代,是孙膑白起的时代,是苏秦张仪的时代。俟河之清,人寿几何。在这样的时代,其主张注定难以为世所用。在鲁国无法施展抱负的情况下,他56岁踏上旅途,恓恓惶惶奔走列国,游说于公卿大夫之间,希冀有所作为,历经14载不得重用。孔子在政治上不得志的情况下,68岁返回鲁国,继续以巨大的热情投入人才培养和古籍整理,以待将来。他一生在理想与现实的冲突中挣扎奋斗,从来没有因为时运不济而改变初衷,从来没有因为周围人不理解而有所彷徨。

孔子身逢乱世的所作所为,诠释了"天行健,君子以自强不息;地势坤,君子以厚德载物"这句他自己所写的话。他知其不可为而为之的积极入世的精神,为后世儒学发展树立了标杆。

终其一生,孔子在政治上没有大的作为。后人为了表达尊崇,给他加戴上政治家的荣誉头衔,实则与他的本来面目相去甚远。

孔子是思想家、教育家,是有着强烈政治抱负、远大政治眼光、深远政治识见的思想家、教育家。他开创的思想学说,深刻塑造了中国人的精神世界,深刻塑造了中国社会的面貌。推动时代变革和社会进步的各种力量,终究发端于思想的力量。一个民族、一个社会、一个国家实现长期发展,归根结底要靠思想的力量来支撑。我们民族历来不缺政治家,稀缺的是真正的思想家。让孔子回归思想家、教育家的本来面目,丝毫无损于他的荣光,反而更显出他的伟大。

中国究竟是怎样一个国?国是具体而非抽象、真实而非虚幻的存在。"中国"二字之意义,只能在这方土地上去发现。

她是这土地上的山川峰峦、江河湖海,是这土地上的日月星辰、霜风雪雨，是这土地上的草木森林、虫鱼鸟兽，是这土地上的花开花落、寒来暑往。她是这土地上人们的生存和生活，是他们的期望和向往，是他们的欢欣和悲戚，是他们的光荣和苦难。她是人们为生存和生活的挣扎和奋斗，为开疆拓土而有生产技术，为饱腹而有烹饪工艺，为改善人居而有建筑式样，为遮寒蔽体而有服饰风格。

她更是人们挣扎和奋斗的凝结和沉淀，是一个民族的历史和文化，是一个民族在漫长岁月中发展形成的语言和文字、思想和行为、文学和艺术、风俗和习惯、制度和规则——人们为生存和生活而创造的这些东西，最终与这方土地和土地上的人们融为一体，成为中国之所以是这样的国而不是别的国、中国人之所以是这样的人而不是别的人的根本标志。

而思想学说作为高级思维的产物，反映了认知事物的宽广度、深远度，把握事物的真实度、精准度，最集中、最典型地体现了一个民族的认知水平，代表和决定一个民族的精神高度。

儒学承载的是一个民族的思想，一个社会的共识，是一个民族天性的自然流露和结晶。很大程度上，它就是我们自己的呈现，是关于我们是什么和应该怎么样的表达。孔子被赞美为"天纵之圣""天之木铎"。这个"天"并非外在的某种存在，就是从古以来的中国人自己。圣人代天作则、为天立言，说到底是为全体中国人立言。在这个意义上，谈论儒学很大程度上是反观我们自己。

生命的历程中，人大都会经历一个努力把自己变得更好的不断成长、自我实现的过程。在这个过程中，不管我们曾经多么幼稚、叛逆、不堪，也不管我们终于变得多么成熟、睿智、美好，我们始终是自己，不会变成别人；不管别人多么欣赏、羡慕、景仰我们，也不管别人怎样奚落、嘲讽、侮辱我们，我们始终是自己，不会变成别人；甚至不管我们多么埋怨、憎恶、嫌弃自己，也不管我们怎样看重、喜欢、热爱自己，我们始终是自己，不会变成别人。有人会说：你看起来像变了一个人。这个"像"，提醒着你骨子里还是原来那个自己。

从少年到青年，从中年到老年，人的声音、肤色、体形、动作等外在的身体特征会有变化，但是其内在的心性，一个人成为他自己的那些本质特征、根本属性不会改变。与一个民族共生长的思想学说也是如此。

一个民族的思想，一个社会的共识，其形成必然经历漫长的生长发育，其发展必然经历漫长的调整演进，经历超过我们想象的更加久远的时间。

儒学从孔子创始，经历在诸子百家争鸣中确立"显学"地位，到董仲舒说服汉武帝"罢黜百家、独尊儒术"，经过了400多年；从董仲舒时代首次上位，经历儒、佛、道三教并行，在相互辩驳中彼此渗透调和，以理学的形式重新焕发巨大的生机活力，到朱熹时代全面上位，又经过了1000多年；此后800多年，在中国开启近代历史以前，儒学以如日中天之势，主导了中国思想文化的发展。

对于这样的思想学说，观察理解其走向，不以数百年的时间为单位，很容易失真，就像我们不能用米或者公里而必须用光年来描述遥远太空的距离。中国历史步入近代至今不足200年，不及儒学存在时间的十分之一。要以这么短时间内的遭逢，对儒学的未来给出一个判断，下一个结论，远非其时。

置身在这样的历史方位中，评判事物、思考问题尤其应该树立长远的历史眼光。把复杂事情简单化，透过现象看本质，需要回答的其实就一个问题，那就是与孔子的时代相比，与董仲舒的时代相比，与朱熹的时代相比，与鸦片战争前相比，中国人的天性是不是发生了根本性改变，我们是不是已经变成别的什么人？只要中国人还是那样一种人，只要人的天性未曾发生根本性改变，那么，儒学这一剂孔子为中国人开具的药方就继续具有价值。

这种时候，最忌讳见风就是雨、病急乱投医，最应该耐住性子、不急不躁。尤其要看到，与西学东渐之初多数人因为缺乏对西方文明的基本认知而在研判其对中国社会的影响上所犯的错误相比，今天的我们很可能也因为缺乏对儒学的基本认知而在研判其对中国社会的价值上犯错误。

所以，我们不妨静下心来，放下近代以来在激烈社会变革中曾持有的极端态度和意气之争，放下在解读儒学典籍、理解某些具体论述上的观点分歧，回到孔子确立的儒家思想学说核心命题和核心价值理念，重新审视其内在逻辑，重温其思想方法和精神气质。

❖
❖
❖
❖

第四章 过渡时代的文化之思

1901年，梁启超撰写了《过渡时代论》，将当时的中国定位为"过渡时代"。他说："中国自数千年来，常立于一定不易之域，寸地不进，跬步不移，未尝知过渡之为何状也。虽然为五大洋惊涛骇浪之所冲激，为十九世纪狂飙飞沙之所驱突，于是穷古以来，祖宗遗传、深顽厚锢之根据地，遂渐渐摧落失陷，而全国民族，亦遂不得不经营惨淡，跋涉苦辛，相率而就于过渡之道。故今日中国之现状，实如驾一扁舟，初离海岸线，而放于中流，即俗语所谓两头不到岸之时也。"他认为"过渡时代"既充满希望也不乏危险，"有进步则有过渡，无过渡亦无进步"，度过了过渡时代，就是一个新世界。

这场过渡因中西问题而起，由中西问题引发新旧问题。经过近200年的中西文化交融和新旧文化转换，古老的中国焕发强大的生机活力。一个融会贯通了中国传统文化和西方现代文明的新的中国文化，逐渐呈现出清晰的面目，正元气满满地向我们走来。

今天我们仍在这过渡时代之中。不仅现阶段在思想认识上和时间进程中有诸多难题有待于破解，而且未来还有不短的路要走，还会遭遇难以预计的激流险滩、暗礁陷阱。在这种时候，我们有什么样的眼光和视野、心胸和态度、情绪和意志，对于走好接下来的路至关重要。

用好重要的
战略机遇期

中国正在经历传统文化热。这轮传统文化热自 20 世纪 90 年代兴起，已经有段时间了，肯定还会持续不短的时间。

传统文化从被冷落到重新受到关注和追捧，与我们每个人成长过程中青春期前后的表现，不乏相似处。

在青春期之前的儿童期，我们凡事都依赖父母，心安理得接受父母的照顾和安排，父母说什么就是什么。进入青春期，随着身心发育，独立意识、自尊心增强，与成人世界的关系逐渐发生变化，开始对社会生活中各种要求感到格格不入，渴望逃离大人的控制，不愿意再像小孩子一样听说听教，以前讲得通的道理现在讲不通了。处在青春期，常常反感父母干预自己的事情，拒绝和父母交流，父母说什么都不耐烦；对父母看不顺眼，甚至有时觉得父母不咋地；脾气变得不好，与父母相处中稍不如意就大发脾气。

等到青春期过去，各种坏脾气、不耐烦，各种较劲过激、任性怄气，如雨过天晴般烟消云散了；说话的口气缓和了，可以平心静气地与人沟通交流了；对学习生活工作中各种要求不那么抵触了，对人情世故也不反感了；多了善解人意，慢慢懂得了父母养儿育女、辛苦持家的不易，遇到问题也会主动听取父母的意见了。有了儿女后，更发现自己原来也那么喜欢说教喜欢唠叨，也常常担心，常常牵挂。有时反观自己一举手一投足，惊叹与父母简直是一个模子刻出来的。领悟了一代更比一代强只是一种美好的期望，不仅不再觉得自己比父母能干高明，而且明确认识到自己很多方面远不如父母，甚至慢慢开始以父母为榜样为骄傲了。

今天的中国，正如同刚刚度过青春期的年轻人。

戊戌变法失败后的1900年，梁启超撰写了《少年中国说》。他说："我中国其果老大矣乎？是今日全地球之一大问题也。如其老大也，则是中国为过去之国，即地球上昔本有此国，而今渐渐灭，他日之命运殆将尽也。如其非老大也，则是中国为未来之国，即地球上昔未现此国，而今渐发达，他日之前程且方长也。""欧洲列邦在今日为壮年国，而我中国在今日为少年国。""使举国之少年而果为少年也，则吾中国为未来之国，其进步未可量也。""故今日之责任，不在他人，而全在我少年。"

1902年，梁启超在日本横滨创办《新民丛报》，他在创刊号上写道:"本报取名《大学》'新民'之义,以为欲维新吾国,当先维新吾民。"为缔造新国民以造成新国家,从1902年到1906年,梁启超用"中国之新民"的笔名,在《新民丛报》上先后发表了20篇政论文章,从公德、国家思想、进取冒险、权利思想、自由、自治、进步、自尊、合群、毅力、义务思想、尚武、私德、民气、政治能力等各方面论述从传统社会的臣民转变为现代国家的"新国民"所应有的道德。

在梁启超等人大力鼓吹下,"少年中国"的观念、"新民"的观念、缔造新的中国的观念,逐渐成为接受过新式教育的年轻人的共识。尤其在新文化运动后,"新文明""新世界""新社会""新中国"等词语成为人们的口头禅。

念念不忘,必有回响。经过几代人前赴后继推动社会改造,国家实现了更新,造就了一个不同于传统中国的新中国。

良渚文化被誉为中华文明的曙光,实证了中国5000年的文明史。秦朝是中央集权的大一统格局的开创者,从公元前221年秦始皇统一中国,到1840年第一次鸦片战争爆发,这种格局存续了2000多年。而从1840年到1949年,中国沦为半封建半殖民地社会达100多年。从新中国诞生的1949年到今天,我们昂首阔步在社会主义康庄大道上,还不足80年。

人的成长,从婴幼儿到童年,从童年到少年,从少年到青年、中年。如果一个社会的成长也不得不经过这样一些阶段,那么,这个新的中国,在经历了近代以来疾风暴雨、跌宕起伏的社会变革和风雨兼程、波澜壮阔的社会建设后，可以说度过了身心急剧变化、情绪躁动不安、思想激烈偏执，迷茫又心怀憧憬、焦虑又满心鼓舞，充满希望和机遇的青春期，从少年成长为青年了。

不管喜不喜欢，人的青春期总要到来，不管愿不愿意，人的青春期都会过去。当青春期到来，我们与成人世界的关系突然变得别扭了，当青春期过去，之前的各种困扰又不成其为问题了。

人总是会寻求自我认同。我是谁，我从哪里来，我是什么样的人？人的成长，常伴随着这些追问。一个社会亦如此。如何看待历史和传统，如同个人如何看待包括父母在内的成人世界，直接关系着如何回答这些问题，直接关系着我们如何认知自我。对传统文化从否定、抗拒、出走到认可、接纳、回归，是一个社会成长的重要经历，更是这个社会成长的重要标志。

告别青春期的年轻人，向着成熟迈进了一大步，但是距离成熟还有不短的路。现在，更重要的成长命题摆在了面前：我要往哪里去，我可以成为什么样的人，我应该成为什么样的人？不能对这些问题作出适当的回答，无法达到真正的成熟。个人如此，一个社会亦然。

如何回答这些问题，是巨大的挑战和考验。没有标准答案，没有现成答案，甚至连参考答案也没有。无法求助于任何人，无论前人还是他人。来到这世间上的每个人，出现在历史中的每个社会形态，都是独一无二的样本。想要变成什么样的人，想要建成什么样的社会，只能自己作出回答。

寻找问题答案的过程，也就是逐步建立对于世界、对于社会、对于时代基本看法的过程，也就是不断深化关于生命、关于人性、关于自我基本认知的过程，也就是在这个基础上养成常识、常理、常情，培育识见、主见、定见的过程，也即通常所谓形成世界观、人生观、价值观的过程。

我们每个人，只有形成了相对稳定的世界观、人生观、价值观，做事不违常识、常理、常情，为人具备识见、主见、定见，才真正走向成熟。一个社会，必须提供关于世界、社会、人生和事物价值的基本观点、基本看法，且这些观点和看法不仅长时间得到多数人的自觉认可，而且长时间为多数人所乐于践行，这个社会才真正走向成熟。

无论个人还是社会，只有自己真正成熟了，才有底气与别人展开平等的对话，才有资格对别人做出恰当的评判，才有可能从别人那里有所学习借鉴，才有能力消化吸收别人的经验教训，把为我所用落到实处。

这里的"别人"，当然包括生活在传统文化中的古人。

所谓"别人"，无非自己以外的他人，我们之外的他们。相对于自己，所有的人，哪怕亲如夫妻父子兄弟，都是"别人"。而当"别人"用以指称我们以外的他们，可以有各种不同的区分。比如可以用国家、民族、宗教、语言、文字来区分，可以用性别、年龄、党派、学历、阶层来区分，可以用形状、颜色、方位、品质来区分，可以用观点、意见、兴趣、爱好来区分，等等。举凡天地间有多少种事物，事物有多少种属性，就有多少种区分我们与他们的标准。

当我们使用"传统文化"这个概念的时候，通常很少深究它是哪个时代的文化。但这并不意味着"传统文化"没有与之对应的时间范畴。传统与现代相对而言，没有现代即无所谓传统。中国被迫开启现代化进程始于鸦片战争。正因为有了这次不同以往历史上任何阶段的社会转型，并由此造成了不同的时代特征和社会属性，才有了传统中国和现代中国的区分，"传统文化"也才有了相对确实的时间指向。如果把生活在现代中国的人称为"我们"，那么生活在传统中国的人就只能被称为"他们"了。而"他们"也就是"别人"。

也就是说，在严格的意义上，传统文化不是身在今天的我们自己的东西，而是"别人"的东西。只有经过消化吸收，才能真正变成自己的东西，也才能重新赋予传统文化以鲜活的力量。要做到这点，必须我们自己首先真正成熟起来。

度过青春期，我们与成人世界重新达成了和解。但是谁都知道，童年的时光、少年的时光已经一去不返，不管现在我们对父母如何敬爱有加、体贴入微，我们再也变不回那个凡事听说听教、一切依赖父母的小屁孩了。人最重要的成长，是懂得并学会做自己。一个社会亦如此。不管祖先创造的文化多么辉煌灿烂，建立的文治武功多么光耀千古，也不管别人对传统中国多么赞不绝口，我们自己必须清醒地认识到，传统中国已经在历史的长河中远去了，我们不可能也没必要把祖先的生活重新过一遍，未来的中国会是什么样，中国的新文化会是什么样，只能靠我们自己。

近代中国开启向现代化转型以来，人们对传统文化的观感不仅言人人殊、众说纷纭，而且同一个人常常忽冷忽热、时好时坏；爱恨交织，喜怒不定，爱得情深义重，恨得苦大仇深，喜欢则视若至宝，嫌恶则弃若敝屣。传统文化的命运起起落落、曲曲折折，一路走得跟跟跄跄、跌跌撞撞。

有首题为《见与不见》的诗，其中写道："你见，或者不见我，我就在那里，不悲不喜。你念，或者不念我，情就在那里，不来不去。你爱，或者不爱我，爱就在那里，不增不减。你跟，或者不跟我，我的手就在你手里，不舍不弃。"传统文化一直"在那里"，变化无常的是人们的态度。究其原因，还是我们自己未能真正成熟起来，养成主见和定见，结果不是被他人的看法所左右，就是被一时风气所裹挟，或者被个人情绪所蒙蔽。

对事物的认知，与主客体间的时空距离和主体自身的境况有很大关系。以空间而言，观察某个事物，在近处能看清细节，但往往看不出全貌；在远处看不清细节，但往往能看出全貌。

以时间而言，对当下发生、正在进行过程中、我们自己置身在其中的事情，通常难以做出合理的判断，而对时间过去较久、经过冷却和沉淀、我们自己放下了恩怨情仇、摆脱了利害纠缠的事情，通常能抱比较客观的态度。

与此同时，如果所处的社会正常有序，人们生活安居乐业，那么待人接物通常比较能出以平常心，相对客观公允。如果所处的社会动荡不安、混乱不堪，人们生活朝不虑夕，那么看待事物很容易因为各种愤懑不平，偏离平常心，趋于过激和极端。

就像曾经两情相悦海誓山盟后来阴差阳错劳燕分飞的男女，分手之初，爱之深转为恨之切，情绪决绝，互相多有怨恨，等到时间过去久了，放下了看开了，渐渐淡忘了不快，便可以重新以平和眼光打量对方。不仅如此，通常生活更加美满的一方更能以平和眼光看待彼此的过往，而生活不如人意的一方心里偶尔难免还留有埋怨。

时光流逝，传统中国渐行渐远了。经过持续推动向现代化的社会转型，尤其是经过40多年改革开放，国家实现快速发展，社会保持安定有序，人民生活家给人足，近代以来国破家亡的屈辱历史翻篇了。在此基础上，这轮传统文化热潮中，人们对传统文化的看法，较之于近代以来围绕传统文化的多次论争，少了意气用事，少了偏执极端，多了平和务实，多了客观理性，因而最接近于传统文化的真相，也最切近社会发展和文化建设的需要。这真是可喜可贺！

传统文化是巨大的宝藏。开发利用好这个宝藏，实现古为今用，除了我们自己真正成熟起来、养成主见和定见，还必须真正读懂传统文化。

要真正读懂传统文化，一定不能以今喻古、以己度人，把今天通行的、自己主张的标准加诸古人；一定不能存先入之见，或厚今而薄古，或崇古而非今；一定不能以概念化、脸谱化的是非判断，简单地区分精华与糟粕；而必须设身处地、心平气和地从当时的情况出发，看古人怎么说怎么做，从中体会他们的用心用意。

不同历史时代的人，都有他们需要应对的问题、克服的困难，他们有对美好生活的理解，并为理想人生而奋斗。他们为应对问题、克服困难的所思所想、所作所为，流传后世，凝结成为传统文化。

读几本古书，背几篇古文，了解些古人的行状，知晓些古人的事迹，感受古人的情怀和为人，有所熏染，有所陶冶，并非坏事。学着磕头作揖，穿上汉服唐装，把传统文化当作一种"风情"来欣赏和领略，也并非坏事。但如果不能透过古人留下的东西，看到他们的问题和困难，看到他们为应对问题、克服困难作出的选择取舍，并领会支配不同时代中人思想和行为、在中国社会中带普遍性的、从古到今一以贯之的立场观点方法，中国人立身处世的基本态度，对世界、社会、人生的基本看法，从而对中国人的天性、中国文化的特质有所思考、有所感悟，对我们今天应该如何做人做事有所触动、有所启迪，那么，即便古诗古文倒背如流，典章文物烂熟于心，也不过如普通人家日常生活中茶余饭后的谈资，只起到打发时间、点缀气氛的作用。

今天，随着各方面条件水到渠成，开发利用传统文化宝藏，处在了重要的战略机遇期。用好这个重要的战略机遇期，不失其时地推进中国文化建设，正是这几代中国人的历史责任。

认识世界
永无止境

影响一个社会走向和面貌的各种因素中，思想文化传统任何时候都是不容忽视的关键因素。思想文化传统一旦形成，通常具有很强的稳定性和连贯性，不会在短时间发生大的改变。正如孔子所讲："殷因于夏礼，所损益，可知也；周因于殷礼，所损益，可知也。其或继周者，虽百世，可知也。"它就像那只"看不见的手"，支配人的观念和行为，操控社会的发展演进。

大凡外来的思想主张，要真正为一个社会所用，不得不经历本土化的过程。能不能实现本土化，不仅取决于思想主张是否满足这个社会的需要，特别是能否解决这个社会当下面临的问题，而且取决于思想主张是否适合这个社会的情况，特别是这个社会的思想文化传统能否提供承接思想主张的相应的基础和消化思想主张的足够的能力。

有没有这种基础和能力，表现在学起来、用起来是不是得心应手。如果学起来、用起来总是碍手碍脚的，那么无论思想主张本身多么高明，无论思想主张在其他社会的应用多么成功，终归无法为我所用。思想的生长与草木的生长一样，必须有适合的土壤和气候条件。

把近代中国思想文化的发展演进放在中国思想文化发展演进的历史长河中观察，我们不难发现，从西方学习借鉴过来那些东西，从表面看固然是当时中国因为欠缺而需要的东西，但深层次地看却往往是我们自身有基础、有能力吸收的东西。

近代以来，来自西方的各种思想、各种学说、各种主义在中国轮番登场。有的还不曾为人注意，就很快湮没无闻了；有的短暂被人关注后，即如流星般消逝；有的长久留在了象牙塔中，成为少数人的雅好；有的经过试验，被实践证明行不通。在各种思想流派的竞争中，马克思主义最终胜出。

中国的先进分子最终选择马克思主义，显在的原因当然是俄国十月革命在当时起到了引领示范作用。而潜在的原因，更深层次的原因，则在于马克思主义的基本立场、基本观点、基本方法与中国思想文化传统之间有着微妙的契合。

早在2000多年前，儒家经典《礼记》描绘"大同"社会的景象说："大道之行也，天下为公，选贤与能，讲信修睦。故人不独亲其亲，不独子其子，使老有所终，壮有所用，幼有所长，鳏寡孤独废疾者皆有所养，男有分，女有归。货恶其弃于地也，不必藏于己；力恶其不出于身也，不必为己。是故谋闭而不兴，盗窃乱贼而不作，故外户而不闭。是谓大同。"

所谓社会主义，简单地说是以实现和保障大多数人而不只是少数人的权益为目的。而中国"天下为公""天下大同"的社会理想说明，朴素的社会主义思想自古植根在中国社会之中，流淌在中国人的精神血脉之中。

不仅如此，在为绝大多数人谋利益的思想与以民为本的思想之间，在为劳苦大众、弱势群体代言与救民于水火、解民于倒悬的追求之间，在发挥无产阶级先锋队作用的思想与"君子"思想、"大丈夫"思想之间，在解放全人类的胸怀与以天下为己任的胸怀之间，在民主集中制的组织原则与中国古代的集中统一体制之间，不能不说都有着不同程度上的微妙的契合。

可以说，中国一些先进的知识分子用自己的一套标准，经过反复比较最终选择了马克思主义。在很大程度上，作出这一选择是对自身思想文化传统特别是由此种传统所确立的核心价值理念的确认、坚守和捍卫。

人的行为具有选择性，比如选择性理解、选择性忽略、选择性记忆、选择性失忆等。人们总是乐意与喜欢的人做朋友，对熟悉的话题发表意见，在热爱的领域追求有所建树，与此同时尽量回避、绕开那些不喜欢的人，不熟悉的话题，没有兴趣的领域。个体的人处理具体的事情如此，由个体组成的人群、社会对外来思想文化资源的选择取舍应该也如此吧！

思想文化传统决定了中国必然选择马克思主义，必然走社会主义道路。100多年来，中国共产党矢志不移坚持马克思主义，始终不渝推进马克思主义中国化进程，在任何情况下都不改对马克思主义的信仰，这绝非偶然，绝不是历史的巧合；马克思主义在中国的土地上焕发巨大的生机活力，中国特色社会主义道路越走越坚实、越走越宽阔，这绝非偶然，绝不是历史的巧合；社会主义没有辜负中国，中国没有辜负社会主义，这绝非偶然，绝不是历史的巧合。

由马克思和恩格斯两个德国人创立的思想和学说，为中国这个东方古国所用，在这里落地生根，在这里发扬光大。这样一种"为往圣继绝学，为万世开太平"，真令人叹为观止。

思想文化传统无时无刻不在对人施加影响，这种影响常不为人所自知。对最早接受马克思主义的那批中国先进知识分子来说，在他们为这一新思想吸引并为之折服时，对这一新思想油然而生亲切感时，未必意识到自己在思想深处仍然受传统的影响。一个社会的思想脉络，往往要在很久以后才会比较清晰地呈现出来。

近代中国中西、新旧问题相互交织，大体上主张西方思想者被视为新派，抵制西方思想者被视为旧派。抵制西方思想当然是为了维护中国自身的传统；而主张西方思想也未见得不是为了维护中国自身的传统。中与西、新与旧，两者或秉持相同的价值理念，殊途而同归。

在话语权西强中弱的背景下，人们难免从西方的视角出发，比照西方的概念、范畴和叙事框架，反观中国传统思想文化。比如，我们曾经热衷于在中国传统社会中努力寻找和发现在西方社会发展中发挥重要作用的因素，比如科学精神、法治精神、资本主义精神等。这样做的背后通常有一个预设的前提，那就是尽管不同民族、不同国家的发展有或快或慢，或先或后之别，但是都循着大致相同的模式、阶段演进。其实质是"西方中心论"和"普世价值论"。循着这种理念开展的很多"比较研究"，虽然也带来了对中国传统思想文化的新的解读，但是却在很大程度上遮蔽了中国思想文化的本来面目。

或者，我们应该有勇气坦率地承认，中国传统社会不可能从内部孕育产生西方现代文明这样的文明成果。我们也应该有勇气相信，虽然我们接纳了西方现代文明的成果，但是一定有自己的路要走。

人的认识是一个不断发展的过程。认识世界永无止境，认识自我同样永无止境。对所在社会的认知越是深刻全面，人们的行为、社会的选择越是能从无意识走向有意识、从不自觉走向自觉。

"众里寻他千百度，蓦然回首，那人却在，灯火阑珊处。"这个"他"，是辛弃疾笔下念念不忘的"美人"，是王国维心中读书治学所求之理、所悟之道、所臻之境，其实这个"他"，又何尝不是由思想文化传统所塑造的我们呢！

越包容
越有生机

近代以来，围绕中国社会如何应对来自外部的挑战以实现救亡图存，各种思想主张在推动社会改造更新的路径选择上，大致呈现出以西方文化为主吸纳传统文化与以传统文化为主吸纳西方文化的分野。前一种思想主张的典型代表是"全盘西化论"，后一种思想主张的典型代表是"文化复古主义"。

时至今日，经过近代以来从政治、经济、社会、文化方方面面向西方学习，除了祖宗留下来的文物和古董，我们生活中已经很少有完全不受西方影响、绝对原汁原味的"中国制造"了。但是，不仅我们自己继续认同自己是中国人，而且别人也继续把我们当作中国人。

我们学习借鉴了西方的物质文明，学会了吃牛排，喝咖啡，穿西服，住洋楼，但是并没有变成外国人，不仅黄皮肤黑眼睛的体质特征没有变，而且中华儿女的身份认同也没有变。"露从今夜白，月是故乡明。""此夜曲中闻折柳，何人不起故园情。"家国情怀依旧是这个时代多数人最朴素真挚的情感。

我们学习借鉴了西方的政治文明，更新了政治话语体系和政治制度体系，把"人民""共和国"这样明显具有近代西方特征的字眼放进自己的国名之中，但是扬弃了主张"西化"的思想家们最津津乐道的多党制、普选制和"三权分立"，沿袭了大一统的中央集中统一体制。

我们学习借鉴了西方的市场经济，鼓励一部分人先富起来，但是始终坚持以公有制为主体，保持国家对经济运行的宏观调控，在适合充分竞争的领域实行市场经济，在关系国计民生的领域加强宏观调控，确保国有资本的主导力、控制力；始终坚持以人民为中心，坚持在发展中保障和改善民生，坚持走共同富裕的发展道路。

而与此同时，今天的中国也绝不是传统中国的翻版。二者之间的区别，远不限于发展水平、发展程度的差异。经过现代化的洗礼，社会从经济基础到上层建筑发生了根本的改变，人们的思想观念、价值追求、生活方式亦今时不同于往日。虽然孔子继续享有崇高的礼遇，但是儒家思想学说作为主流意识形态的地位已经改变了，其所包含的思想和理念，正在被作为材料纳入新的认知体系、价值体系、话语体系的建构之中。今天，除非脑袋出了问题，谁都不可能再用三纲五常、三从四德这些伦理道德来对人说教。

中国没有变成西方的样子，也没有变回传统中国的样子。"全盘西化论"和"文化复古主义"的极端思想主张都落空了。近代中国历史的实际进程完全没有循着思想家们的愿望去展开，而是呈现了不以人的意志为转移的内在逻辑。即主要不是从预设的目标、绘就的蓝图或者已有的样本、别人的经验出发，而是从解决自身当前问题的需要出发，对各种工具和材料进行选择，在付诸试验之后，视其作用效果汰劣择优，对证明是有用、有效的工具和材料，通过在进一步实践中加以创造性地运用，总结提炼出自己的经验。不断地从解决现实问题的需要出发选择可能的工具和材料，在试验的基础上作出取舍，在实践的基础上进行完善，最终形成解决中国问题、推动社会改造更新的思路办法。

回顾历史，我们或能从中感悟到这样一些启示。

其一，中国文化具有超过我们想象的强大的消化能力、包容能力、整合能力以及自我调整能力、自我修复能力。中国文化博大精深，正是这些能力成就了它的"博大"。对于这样的文化，最大的危险是对外封闭和内部呆板，缺乏新思想、新风气的刺激而变得老气横秋，暮气沉沉；而环境越是开放包容，交流越是广泛充分，越是能发挥自身的优势，越是能焕发生机活力，越是能变得强大和自信，越是能形成良性循环发展。

其二，注重实际、经世致用的思想传统决定了中国文化对各种思想主张自有其强大的选择取舍机制。倡导新思想，提出新主张，矫枉不过正，不足以振聋发聩、撼动人心。人的能力水平本来良莠不齐，加之"林子大了什么鸟都有"，所以各种思想主张泥沙俱下在所难免。这在短时间内可能混淆视听，引发思想混乱。但各种各样的思想主张，最终都要在拿来解决问题的过程中经受检验，是骡子是马拉出来遛过之后便明了，有价值的自然会为人所用，没有价值的自然会弃之不用。短时间内可能出现的问题，随着时间过去就不成其为问题了。两害相权取其轻，两利相权取其重。从根本处、从长远处看，对新思想新主张持宽容态度利大于弊。

其三，选择取舍机制决定了无论中国自己的传统文化，还是外来的西方文化，都只是建设新的中国文化的工具和材料。可资利用的工具越多，占有的材料越丰富，越有利于我们大胆吸收和借鉴人类创造的一切文明成果。我们应该增强信心，打消杞人忧天式的不必要的顾虑和担心。

审视文化视野
宜宽广

一段时间以来，文化被划分为事业和产业。简单地讲，由国家文化管理部门举办并管理的国有文化事业单位的全部工作统称文化事业，从事文化产品生产和提供文化服务的经营性行业统称为文化产业。按照现行统计标准，文化产业包括文化核心领域和文化相关领域两个部分。其中，核心领域包括新闻信息服务、内容创作生产、创意设计服务、文化传播渠道、文化投资运营、文化娱乐休闲服务等大类。

那么，文化事业、文化产业范围的"文化"，与一般意义上的文化，是不是一回事呢？两者之间是怎么样的一种关系呢？

应该说，这两种"文化"不完全是一回事，相互既有联系也有区别。

首先是各自的外延不同。一般意义上的文化，比文化事业、文化产业范围的"文化"有着更大的外延。

比如，近现代以来，科学的发展极大地推动了社会各领域的进步，深刻改变了人们的生存和生活方式，深刻塑造了人们对世界的理解和看法。文化孕育了科学，科学丰富和创新了文化。今天，科学推动文化变革的作用更加凸显，促进人文精神和科学精神相融合成为时代课题。毫无疑问，科学是文化不可或缺的组成部分。而这个组成部分，不在狭义的文化事业、文化产业的范围内。

再比如，人不能生而知之，只能学而知之。学校教育产生后，成为筛选整理文化、传播普及文化、发展创新文化的专业机构和重要阵地。无论从哪个方面来说，教育都是文化不可或缺的组成部分。而这个组成部分，也不在狭义的文化事业、文化产业的范围内。

其次是各自内在的主客体关系不同。

一般意义上的文化，无论是广义上作为生存和生活方式的文化，还是狭义上以价值观为核心的文化，贯穿和渗透在社会的一切方面、人们的一切活动中。每个人都是文化的承载者、践行者、传播者、创造者，集文化的主体和客体于一身。

难道不是吗？

我们的思想意识、行为习惯，难道是在头脑中自发生成而不是来自文化的潜移默化的影响吗？我们决定做什么或不做什么，选择这样做而不那样做，难道没有文化在起作用吗？我们追求生活更加美好、人生更有意义，而何为美好、何为意义，难道不是由文化来作出定义的吗？我们与别人打交道，在物质的交往、生意的来往、信息的交换、情感的交融中，难道不是同时进行着文化的交流吗？我们今天的所作所为，为满足生存和生活需要、物质和精神需要所作的奋斗，创造的生存智慧，形成的生活状态，在时间中沉淀下来，不就是文化吗？

文化事业、文化产业范围的"文化"，简而言之即是由各类文化事业单位、文化企业提供的文化产品和文化服务。它以文化事业和文化产业从业人员为主体，而以包括读者、听众、观众等在内的广大受众为客体，是由少数人为多数人提供的"文化"。

在网络和自媒体日益发达的条件下，随着受众逐渐由传播的被动接受者转变为主动施与者，传统的主客体关系发生了新的变化，但由于文化的特殊性，在绝大多数情况下，少数人负责创作生产、发挥主导作用的状况仍将延续。

各自内在的主客体关系不同，进一步区分了两种"文化"的外延。由于每一个人既是文化的主体又是文化的客体，所以对一般意义上的文化来说，群体的活动范围有多大，文化的外延就有多宽。由于以少数人为主体而以多数人为客体，所以对于文化事业、文化产业范围的"文化"来说，提供了多少文化产品和文化服务，文化的外延就有多大。

再次是各自所在的层次不同。

从实践和认识的关系上来看，一般意义上的文化更贴近实践，而文化事业、文化产业范围的"文化"更靠近认识。如果说一般意义上的文化是实践的产物，那么文化事业、文化产业范围的"文化"就是认识的成果。

作为实践的产物，一般意义上的文化，人怎样生存，怎样生活，怎样理解人生意义，是一种既存事实，是一种客观存在。而作为认识的成果，文化事业、文化产业范围的"文化"，各种文化产品和文化服务，是为着一定的目的，按照一定的标准，采取一定的形式，对上述既存事实、客观存在进行认知理解、选择取舍、概括提炼、加工雕琢的结果。两者之间很大程度上体现了"源"与"流"的关系。

总之，文化事业和文化产业范围的"文化"，远非文化的全部，而只是文化极其有限的部分和有限的呈现。无论在广度还是深度上，无论在丰富程度还是生动程度上，无论在精细程度还是复杂程度上，文化事业、文化产业范围的"文化"与一般意义上的文化都不可同日而语。

由于文化资源分布不均衡，由于社会成员文化素质的差异，由于社会分工的需要，也由于维护文化安全、国家安全的考虑，通过建立文化事业和文化产业的布局，实行由专门机构、专业人员负责提供文化产品和文化服务以满足和保障多数人文化需求的模式，不仅很有必要而且非常合理。但是，如果分辨不清文化事业、文化产业范围的"文化"与一般意义上的文化的关系，看不到两者的差别，局限于在文化事业和文化产业的范围内、文化产品和文化服务的层面上谈文化，很容易在认识上走入误区，在实践中陷入被动。

建设中国特色社会主义，总体布局是"五位一体"。所谓"总体"，即管总的、牵头的、最高的、统率一切的。所谓"五位"，即经济建设、政治建设、文化建设、社会建设和生态文明建设。所谓"一体"，即融为一体、浑然一体，即你中有我、我中有你、不可分割、合而为一。从文化建设出发，既要看到无论是"总体"的定位，还是文化与经济、政治、社会、生态文明并列为五大建设，都凸显了文化的极端重要性；更要充分理解文化建设作为这个有机整体的组成部分，作为这个有机整体的"灵魂"，只有积极地进入、深入、融入政治、经济、社会和生态文明建设之中，在推动破解实际问题过程中发挥作用，才能真正担负起应有的使命。

文化的发展和进步，固然也体现在提供文化产品、文化服务的数量和质量上，但归根结底落实在促进人们生存和生活方式的改善上，在促进人们生存和生活质量的提高上，在促进人的自由而全面的发展和社会的全面进步上。理解和看待文化，应该有更宽广的视野。

切忌
"目中无人"

在汉语中,"社"通常指各类团体,"会"通常指集会、聚会。"社会"一词来自日本,是日语对西文 society 一词的翻译。对西文 society 一词,我国近代学者严复曾译为"群"。他当年翻译穆勒《论自由》一书,书名即定为《群己权界论》。"群"这个汉译虽然在意义上更为准确,但后来没有得到广泛使用,从日本借用过来的"社会"一词反而为人们普遍接受,在汉语中扎下根来。

所谓社会,简单地说就是由个体结合而成的团体。个人不成其为社会,必须有某种关系,像黏合剂那样把多个个体稳固地、长期地集合在一起才成其为社会。比如家庭关系作为最基本的人际关系,把家庭成员集合为一个小团体,并以此为基础衍生出家族、亲族等更大一些的团体。再比如居住在特定区域内的人们,在长期共同生活中形成彼此维系、相互依赖的关系,从而集合成为一个社群。在一国疆域以内，国家是最大的社会，包含着无数大大小小、各色各样的团体。在历史的长河中，社会的诞生比国家早，存在也比国家长。国家消亡了，社会仍将延续。

严格意义上的社会科学——用科学的方法研究人类社会的种种现象，在十七八世纪科学理想、科学精神传播的基础上，产生于19世纪的欧洲。从近代开始到改革开放后，通过学习效法西方，中国逐步建立形成涵盖各个学科门类的社会科学体系。

社会是由人组成的，没有人便没有社会。社会科学以不同社会领域为研究对象，归根结底以人为研究对象。中国的社会科学，归根结底以中国人为研究对象。就此而言，我们的社会科学各个门类在不同程度上还存在着对人的因素重视不够的欠缺。

以管理活动和以管理活动为研究对象的管理学为例。大凡谈及管理，很多人立马想到的是体制和机制、机构和功能、规则和流程。这些东西当然非常重要，缺失了哪个方面都无法实施有效的管理。但是，如果不能同时对与之密切相关的人的因素给予同等的重视，从是否符合管理对象的实际情况和是否拥有足够数量的合格管理者两个方面进行充分的考量，那么无论体制和机制安排多么"先进"，机构和功能设置多么"科学"，规则和流程设计多么"合理"，都只是纸上谈兵。脱离人的实际把这样一些东西付诸实施，其结果必然是越"先进"越碍事，越"科学"越捣乱，越"合理"越添堵。

人是世界上最复杂的存在。同为人当然会有共通之处，就像人与动物、植物有共通之处一样。毕竟，地球上所有的生命体，据说都源自距今35亿年前一种能通过光合作用获得能量的神奇微生物——蓝绿藻。但是在现实的、具体而微的层面上，不同的人常常有着比我们所想象的要大得多的差别。组织真正有效的管理活动，必须高度重视、充分考虑人的状况，以对人的状况的认识把握为前提，并把这种认识把握贯穿于实践的全过程。目中无人，见事而不见人，无法形成真正有效的管理活动。离开具体的人的因素谈管理的规律、方法和模式，无法建设能对实践具有指导作用的管理科学。

推而广之，建设具有中国特色、中国风格、中国气派的社会科学，必须注重针对中国人的实际，契合中国人的实际，坚持从中国人的实际出发。社会科学各个学科门类都需要把各个领域的基本原理和对中国人实际状况的认识把握有机地统一起来，建立基于所在社会、符合人群实际的研究范式和话语体系。

无论如何，社会科学研究不能停留于用中国的材料填充西方的理论框架，不能满足于套用西方的话语体系表达对中国问题的看法。我们不能一方面质疑"普世价值"，而另一方面却设想其他人都与我们自己一样。

社会总是处在不断的变化中，同时又保持着某种不变。

人不能两次踏进同一条河里。对个体的人来说，时光一去不复返，经历的事，相遇的人，有过的欢欣悲伤，不可能重来一次。但对一个社会来说，悲剧也好喜剧也好，轰轰烈烈的大事也好，平平常常的小事也好，大体相同的故事情节总是在反复上演中。正所谓"日光之下并无新事"。

变与不变构成社会的两个面。一般性地讲，社会的演进是变与不变的统一，不变中有变，变中有不变，两者相互依赖、相互包含，在一定条件下相互转化；当不变居于主导地位时，社会处于相对稳定的状态，当变居于主导地位时，社会处于变动不居的状态。认识了解一个社会，忽略其中变与不变任何一个方面都会失之偏颇。

更深一层来看，在我们已知的时段内，一个社会之所以成为此种社会而不是别的社会，在于它所具有的某些特质，这些特质在历经各种变化中大致保持不变，成为该社会的显著标志，并由此把该社会与其他社会区别开来。正是在这些特质的作用下，历史常表现出惊人的相似。从这个角度讲，懂得一个社会的真相，固然必须兼顾变化和不变两个方面，而更重要的是透过显而易见的变化，把握变化背后那恒常不易的不变。

不仅如此，由于一些人喜新而厌旧，对熟悉的东西见惯不惊，所以通常情况下，社会变化的一面易于为人察觉，而不变的一面易于被人忽略。尤其在社会大变革的时代，多数人专注于变化的一面既久，逐渐养成一种求新求变的心理，更容易对不变的一面视而不见。

近代以来，中国经历了"三千年未有之变局"，当下正面临"百年未有之大变局"。近两百年时间，世界一直处在频繁、激烈的变动状态。置身于这样的历史条件和现实环境中，社会科学研究特别需要克服求新求变的冲动，特别需要沉心静气地透过变化看到不变，避免注意力偏重于变化一面而对不变一面重视不足，导致认知偏离社会的真相，进而对各种问题造成误判。

社会由人聚集而成，社会在多大程度上发生了变化或保持着不变，最终取决于人在多大程度上发生了变化或保持着不变。社会科学归根结底以人为研究对象，非常有必要持续地关注和追问：较之于父辈祖辈曾祖辈高祖辈，今天社会中多数人在思维方式上、在心理状态上、在行为取向上、在情感表达上、在脾性禀赋上，是不是发生了根本性的改变？我们是不是不再那么感性，不再那么情绪化，不再那么喜欢扎堆了呢？我们对生命的看法，对人生的看法，对活着的价值和意义的看法，对人和人、人和社会关系的看法，对何为"成功"、何为"幸福"的看法，是不是发生了根本性的改变？总之，中国人的特性是不是发生了根本性的改变？

只要决定中国人成为此种人而不是其他种人的那些东西没有发生根本性的改变，那么中国社会必将继续保持某些特质。只要中国社会继续保持这些特质，那么中国古人的思考和探索就仍不失其价值。这些思考和探索，正是当代社会科学实现创新性发展和创造性转化的重要基础。

董仲舒有一句很出名的话："道之大原出于天，天不变，道亦不变。"排除其神秘主义的色彩，我们或者可以这样来加以理解：所谓"天"，并非超越于社会之外的存在，实则就是由某种人组成的社会本身；所谓"道"，并非遥不可及的真理，实则就是维系社会有序运转和实现个人安身立命必须有的遵循；所谓"天不变，道亦不变"，即只要人还是那样子的人，社会还是那样子的社会，那么维系社会有序运转和实现个人安身立命就还得有那样一些遵循。社会科学最重要的使命或许是在把握一个社会特质的基础上，揭示和阐明维系社会有序运转和实现个人安身立命不得不有的那样一些遵循。

经历了工业文明对自然的破坏，面对凸显的各种生态环境问题，我们越来越认识到人无法改造自然、征服自然，只能尊重自然、顺应自然，与自然和谐共生。但我们似乎还没有完全认识到：人和由人组成的社会也像自然一样，只能因势利导、善加利用。对极遥远的外部世界的探索和对极隐秘的内在自我的认知都很困难，而认知内在自我的难度丝毫不亚于探索外部世界。

以新的眼光
审视"个人"和"集体"

在西方，个人主义作为一种人生观和世界观，具有整体性和普遍性的意义，是人们赖以把握人和世界关系的基本方式和存在状态。哲学上的人本主义、政治上的民主主义、经济上的自由主义以及文化上要求个性独立的自我意识等，都是个人主义在社会生活不同方面的具体表现。

传统中国是一个集体主义社会。近代以来，个人主义伴随着西学东渐从西方传入中国。倡导个性解放，标榜平等自由，长期被人们视为推动社会改造、实现救亡图存的有效途径和手段。

改革开放以后，在经济社会正常健康运行的基础上，在人们从追求温饱转向追求更高层次个人幸福的过程中，在中外思想文化交流频繁深入的条件下，在较以往更加宽松的社会环境中，重视个人的思想意识逐渐兴起，并随着改革开放的不断深化，发展成为一股强大的社会思潮。在这个过程中，人本身开始被视为发展的目的。这是中国有史以来的第一次。

毋庸讳言，重视个人的思想意识的兴起和发展，在某些时间段，在某些方面，在一定程度上，带来了与固有的集体主义思想观念的冲突，但总的来看，并没有导致一些人曾经担忧的社会离心离德、国家分崩离析那样的状况，并没有对社会制度、国家体制造成危害。恰恰相反，通过把人从不合时宜的体制机制中解放出来，从过时落后的思想观念中解放出来，充分释放人的积极性、主动性、创造性，为经济社会发展注入了深沉持久的力量，从根本上推动改革开放取得了巨大成功。经过这40多年的发展，社会的创造力、民族的凝聚力、国家的向心力不断得到增强。

尤其令人欣慰的是，改革开放环境中成长的年轻人，在更加看重个人权利、个人发展的同时，热爱中国传统文化，充满民族自豪感，富于社会公益心，充分认同中国特色社会主义道路和体制，对实现中华民族伟大复兴充满自信，并没有成为"西化""分化"图谋的俘虏。他们中有很多人，用"此生无悔入华夏，来世还做中国人"的话语，表达了强烈的中国认同。

重视个人的思想意识的兴起和发展，虽然受到西方思想文化的影响，但从根本上看还是内生动力使然。它不是西方个人主义在中国的翻版，不能简单地用西方个人主义的话语体系来进行解读；它是中国社会在新的历史条件下、在新的发展阶段上自身孕育的产物，只能从中国思想文化内在发展演变的角度加以理解。

人们为自身的生存发展而结成群体。每个人都以个体而存在，同时又以群体中的成员而存在。个体无法脱离群体，群体的发展为个体的发展创造有利的条件；群体由个体组成，个体的发展为群体的发展提供有力的支撑。万物并育而不相害，道并行而不相悖。重视集体和重视个人并不矛盾。

集体主义在中国根深蒂固，一直是社会主流价值观的核心内容。古往今来，看重集体利益、强调个体责任的思想观念，在推动中国社会发展中发挥着特殊的重要作用。与此同时，这种思想观念又在一定程度上压抑了人的自由发展和社会的创造力。从这个角度上讲，重视个人的思想意识的兴起和发展，有利于纠正中国传统集体主义的偏失，补足其短板。

改革开放以来的实践，不仅初步证明了重视集体和重视个人可以相互兼容、相得益彰，而且为进一步探索实现两者有机结合、和谐统一创造了前所未有、千载难逢的条件。因此，在继续厚植家国情怀的同时，在对夹杂其中的某些不良倾向加强正确引导的前提下，我们没有理由不对重视个人的思想意识的兴起和发展报以欢迎和鼓励的态度。

必须看到，发挥中国文化海纳百川、推陈出新的优势，发挥中国人富于辩证思想、善于整体把握事物的优势，继续保持谦逊的态度，坚持以我为主、为我所用，学习借鉴西方的有益经验，促进中西文化在更深层次展开对话，探索实现重视个人和重视集体两者的有机结合、和谐统一，既是推动中国传统文化创造性转化和创新性发展的重大机遇，也是中华文化为世界文化作出贡献的重大机遇。而且，这很可能是非中国人不能担当的使命。

摆脱在"民主"问题上的无谓纠缠

从 1915 年陈独秀在《新青年》刊载文章倡导民主与科学算起,出自西方的"德先生"即"民主"来到中国已经 100 多年了。这 100 多年来,世界和中国都发生了巨大的变化,"德先生"与几代中国人一起,经历了世道沧桑。

除了用来专指一种政治制度,即由多党制、选举制、三权分立等构成的西方资本主义民主政治制度,今天不同语境下的"民主"一词,大致还有这样几层意思。

首先,它指一种价值取向。即尊重和体现多数人意志,维护和保障多数人权益,调动和发挥多数人作用的价值取向。在这里,"民主"不仅与"社会主义"在大的取向上相一致,而且与中国固有的"民本"思想互为印证。来自西方的"民主"思想,赋予"民之所欲,天必从之""民为贵,社稷次之,君为轻"等古老的训诫以新的意境。

其次，它指一种决策机制。即在广开言路、集思广益基础上，通过集体讨论并按照少数服从多数的原则来作决定。

再次，它指一种个人权利。即作为大大小小、各种各样的组织、团队的成员，有表达个人意愿和参与管理与自己相关的各项事务的权利。

此外，它还指一种工作作风。这大多对在上位者而言，主要表现在处理问题能够虚心听取他人意见，能够与他人充分讨论沟通，能够服从集体研究作出的决定等。简单地说，就是遇到事情大家商量着办，不独断专行。不少情况下，平等待人、平易近人也被看作民主作风。

就此而言，民主无论作为一种价值取向还是作为一种决策机制，无论作为一种个人权利还是一种工作作风，在今天都已经成为全社会的共识，融汇在中国人的思想意识之中。

而在政治制度方面，经过长期的实践探索，汲取失败的教训和总结成功的经验后，中国从自身实际出发，摒弃了西方资本主义民主政治制度，创造性地运用民主的思想、理念和精神，建立和完善了由人民代表大会制度、中国共产党领导的多党合作和政治协商制度、民族区域自治制度、基层群众自治制度等构成的中国特色社会主义民主政治制度。

随着时间的推移、实践的深入和认识的深化，越来越多的中国人越来越清楚而坚定地认识到：民主作为人类政治文明发展的成果，有不同的实现形式，各个国家必须依据自己的情况选择民主的实现形式，而我们已经建立和正在实行的民主制度是正确和有效的。

100多年前，值民族危难之际，一代"新青年"登上历史舞台，为挽狂澜于既倒，扶大厦之将倾，疾声呼唤科学和民主，民主之光得以照进中国的暗黑现实。100多年来，几代中国人着眼于解决现实问题的需要，根据自身的思想文化传统，对"民主"进行了新的诠释和定义，不仅建立了关于"民主"的新的话语表达，而且在西方民主政治制度以外提供了新的民主制度样本，基本实现了"民主"的中国化。

来自西方的民主思想、民主理念和民主精神，经过吸收、提炼、转化、整合，培育汇聚形成拯救国家危亡、推动社会进步、实现民族复兴的磅礴力量。由新文化运动催生的思想启蒙之花，在中国土地上结出饱满的果实。

100多年时间中，"德先生"喝中国的水，吃中国的饭，与中国人朝夕相处，濡染中国人的精神气质，逐渐习惯了中国的饮食起居、人情世故，不知不觉中改换了容颜。他已经不是从西方走出来的那位"德先生"了，也已经不是新文化运动一代人请进来的那位"德先生"了，而变成中国自己的"德先生"了。

若干年来，在民主问题上不断有人讲：由新文化运动开启的启蒙进程夭折了、中断了，需要补课，重新进行启蒙。他们把新文化运动倡导民主的目的理解为推动在中国建立和实行西方民主政治制度，把是否建立和实行西方民主政治制度作为衡量启蒙成败的标准，由此得出上面的结论。

这是不是历史的真相呢？

把西方国家强大的原因归结为政治制度优良，主张效法西方建立资本主义民主政治体制，是19世纪末20世纪初中国带普遍性的社会思潮。19世纪末的变法维新运动，20世纪初的清末新政和预备立宪，都受到这种社会思潮的推动。辛亥革命的爆发和中华民国的诞生，也是这种社会思潮的产物。

但是进入民国以后，随着新的问题的出现，人们的思想认识发生了新的变化。中华民国建立起来了，但是中国社会各方面的状况，依然"国家自国家，社会自社会"，并没有像人们预想的那样，在短时间得以改观。面对理想与现实的落差，在对辛亥革命"失败"和对西方民主政治制度的反思中，以国民性改造为主旨，以倡导民主和科学为主要内容的新文化运动兴起了。

在这样的背景下，新文化运动一代人倡导民主，虽然主观上不乏通过增强国民的民主意识以筑牢民国的思想基础的意愿，但是客观上，在广度和深度上已经超越了以建立和实行西方民主政治制度为目标，而进到以唤起民众、培育新人、改造旧社会、建设新社会为目标了。正因为不局限于以建立和实行西方民主政治制度为目标，1917年俄国十月革命才会引发中国先进分子的高度关注和强烈共鸣，才会有五四运动后马克思主义在中国迅速而广泛的传播，才会有中国从走欧美式道路到走俄国式道路的转向。

漠视这些变化，把新文化运动倡导民主的目的理解为推动建立和实行西方民主政治制度，把是否建立和实行西方民主政治制度作为衡量启蒙成败的标准，这是误读了历史，曲解了真相，是把个人的想法强加附会于昔人。

基本实现了西方"民主"的中国化，不等于在民主建设上已经交出了圆满的答案。这就像翻译语言文字，大意出来了，但未必做到了"信达雅"。认识上和实践中有待破解的问题还很多。

比如，如何采取一系列合适的措施，把作为一种价值取向的民主、作为一种个人权利的民主，在政治、经济、文化和社会生活各个方面加以贯彻落实。做不好这一点，民主就只能停留在口头上。

再比如，民主作为一种价值取向，是否就是我们所要追求的终极目标？在民主之上，有没有更高更大的价值追求，而民主本身是否应该服从于这种更高更大的价值追求？民主作为一种决策机制，是否一定能够确保决策的正确性？究竟是正确决策更重要，还是程序合规更重要？民主作为一种个人权利，为人们平等享有，但人与人的能力却有着巨大的差异，权利的平等与能力的不平等之间如何找到平衡？

再比如，究竟何为民意？多数人的意见是否就是民意？如何看待今天网络空间铺天盖地的各种意见,它们是否代表真实的民意?如果多数人的意见反复不定,变化无常,那如何确认真正的民意?实行民主、遵从民意是否意味着无条件地按照多数人的意见来办?如何分辨多数人意见的真伪,如何鉴别多数人意见的对错?如果多数人意见错误而少数人意见正确,那该如何把尊重多数人的意见和保护少数人的洞见结合起来,兼顾多数人的眼前利益和社会发展的根本利益、长远利益?又该如何避免以民主之名,践踏少数人应有的权利?

在坚持中国特色社会主义民主政治制度这个前提下,在实践中破解这些问题,中国社会还有不短的路要走。

廓清在"自由"问题上的认知迷雾

"生命诚可贵,爱情价更高。若为自由故,二者皆可抛。"匈牙利诗人裴多菲这首题为《自由与爱情》的短诗,从20世纪20年代译成中文后,在中国广泛流传,寄托了几代人对自由的向往和看重。

物以稀为贵。一般来说,只有因稀缺而珍贵的东西,才会为人向往和看重。所以,这种向往和看重,从另一个角度反映了当时的人对不自由的愤懑和抗争。

还是这首《自由与爱情》,今天,当人们重新背诵那些字句,再不会像过去那样在心中鼓荡起沸腾的热血。年轻人更不会像父祖辈当年那样,在字里行间体会到"于我心有戚戚焉"。甚至当有人说到"自由"这个词,如果不集中注意力,且费一番思量,经常弄不清楚说话的人借由这个词究竟想要表达什么意思。

时代变了，人们的观感和关注变了，与"自由"一词相关的语境变了。陪伴几代中国人成长、经久不衰的这首短诗，不知不觉地在时代的浪潮中渐行渐远，变得让人生疏了。

大约40年前，在我从小生活的县城，县中学一名姓谢的年轻员工第一个穿上了西服。那是在香港歌星张明敏应邀到中央电视台春节联欢晚会演唱《我的中国心》之前，"洋装虽然穿在身，我心依然是中国心"的词句还不为人熟知。他这个破天荒的举动，成为轰动性的"新闻"，引发了人们的好奇心，也招来了各种议论和猜疑。有人说他搞得花里胡哨，穿着不得体；有人说他标新立异，哗众取宠；有人说他讲吃讲穿，不务正业；还有人说小伙子脑袋进水了，精神出了问题；还有人说年轻人崇洋媚外，思想品质不好。

今天看来不可思议的各种事情，在那个年月随时随地真实地上演着。女生化个妆被认为想要勾引男人。男生在街上多看几眼漂亮女生，或者把哪个女影星的照片贴在自己房间里，被认为不正经。恋爱中的男女在公开场合拥抱也被认为有伤风化。正常离婚被看作不光彩的事，不得不承受巨大的社会舆论。诸如此类，不一而足。

直到30多年前，大学毕业还实行包分配的政策，大学毕业生的去向要由分配确定。分配你去哪里你就去哪里，安排你做什么你就做什么，个人只能服从，没有选择的余地。

大学毕业包分配的政策，是计划经济的产物，也与那时大学毕业生供不应求的现实密切相关。今天的大学生也许会羡慕前辈们一毕业就能端上铁饭碗，不用挤在摩肩接踵的求职队伍中四处投递应聘资料，甚至陷入毕业即失业的困境。但是，不知道他们能不能体会到那种没有个人选择可言的无奈和苦楚。

世界上的事，都是有多安逸就有多痛苦。如果有人对今天的大学生说，拥有选择的自由、自主的权利，是幸运之至的事，是前辈们曾经梦寐以求的事，不知道他们会不会相信。如果有人现身说法，批评他们身在福中不知福，不知道他们会不会接受。

物换星移，时过境迁。今天，任何一个成年人，想要怎样穿衣着装，怎样梳妆打扮，乃至怎样塑身整形，比如要不要把单眼皮割成双眼皮，要不要把宽下巴削成尖下巴，要不要把鹅蛋脸整成瓜子脸……都拥有充分的选择自由。

任何一个成年人，想要做什么工作以及如何对待工作，非自己感兴趣的行业不入或者随便干哪行都行，找个地方上班或者自主创业，走专业技术道路或者走综合管理道路，追求出人头地或者甘愿默默无闻，拥有充分的选择自由。

任何一个成年人，要不要恋爱，要不要结婚，要不要生养孩子，与什么人恋爱，与什么人结婚，年龄相当或者年龄悬殊，老夫少妻或者少夫老妻，恋爱了要不要分手，结了婚要不要离婚，要谈多少次恋爱，要结多少次婚离多少次婚，拥有充分的选择自由。

总而言之，任何一个成年人，愿意如何生活，成为什么样的人，把时间花在哪些事情上，与什么人为伍，把日子过成啥样子，只要法无禁止，拥有充分的选择自由。

今天的中国，任何一个成年人，在依法履行公民义务的同时，完全能够按照个人意愿，表达对政治和社会生活中各种问题的看法。随着实践的深入和认识的深化，整个中国社会围绕言论自由问题逐步形成空前广泛的共识，那就是：言论自由并不是想说什么就说什么，想骂谁就骂谁。言论自由作为公民权利，对应着公民义务。保障公民拥有按照个人意愿表达意见和想法的权利与对行使这种表达权利作出一定限制，两者并不矛盾，是任何发展到相当文明程度的国家都会采取的做法。中国给予公民的表达权利并不比西方国家少，对表达权利的限制性规定也不比西方国家多。

一段时间以来，网络空间泥沙俱下、良莠杂陈，网络谣言、网络诈骗、网络暴力等问题滋生泛滥，干扰正常的社会秩序，让人们深受其害、深恶痛绝。事实证明，如果不能对包括网络言论在内的意见表达进行有效的管理，将如同打开潘多拉的魔盒，带来巨大的破坏、伤害和灾难。鲜活的经验，更加坚定了全社会对意见表达进行有效管理的必要性的认识，更加强化了全社会关于言论自由问题的共识。

这些共识的建立，为进一步保障和规范人们行使意见表达权利奠定了基础。

不仅如此，这些共识的建立，还使得西方国家长期以来诟病中国缺乏言论自由的说辞，在中国社会越来越没有市场了。

在近代以来持续社会变革的基础上，经过中华人民共和国成立后的社会改造，特别是经过40多年改革开放，中国人享有的人身自由、政治自由、思想自由、个人发展的自由、个人生活的自由得到了长足的发展。不夸张地说，在中国历史上，个人享有的自由从来没有像今天这样充分，享有自由的人群从来没有像今天这样广泛。

自由已经成为人人可得而有之的东西，人们当然不必那么向往和看重了。

当越来越多的人享有了越来越充分的自由，这越来越多的人就越来越清楚地意识到：在一个社会中，自由是有条件的。实现个人的自由，须以不妨碍他人的自由为前提。如果为了个人自由而妨碍他人的自由，那么必然会因为他人的介入而无法实现个人的自由。不仅如此，自由也是有代价的。每个人在按照自我意志行事的同时，必须对自己的选择和行为负责，承担相应的后果。享有自由不等于随心所欲，更不是为所欲为。

越来越多的人还逐渐清楚地意识到：在一个社会中，自由也是有限度的。时代给了人们自由选择的权利和机会，但是时代也设定了自由所能达到的边界和程度。任何人都活在时代之中，无法超越时代。你可以本着自己的意愿作出选择并付诸行动，但这并不足以保证获得尽如人意的结果。

"红日初升，其道大光。河出伏流，一泻汪洋。潜龙腾渊，鳞爪飞扬。乳虎啸谷，百兽震惶。"社会演进中，大凡新事物初生，就像梁启超笔下的少年中国，常常以非同凡响、无所不能的恢宏气势，带给人革故鼎新、澄清玉宇的巨大希望。当此之时，人们感知的一切都今时不同于往日，万事万物莫不焕然一新，仿佛呼吸的空气都清新几分，仿佛四处的草木都平添几许新绿。

时日既久，新旧的更替、新旧的融合告一段落，社会在激烈的变革后转为平稳的发展，人们的心绪渐渐平复，当初那股子新鲜劲儿褪去，眼中的一切重新归于平常。人还是那样一些人，无非男女老幼，高矮胖瘦，黑白美丑，智愚贤不肖。日子还是那样过，无非柴米油盐，衣食住行，婚丧嫁娶，聚散离合。

来自西方的"自由"，这个承载过中国人无穷无尽美好遐想的新事物，这个激励着几代人前赴后继去打破旧社会、建设新世界的新事物，这个推动了中国社会变革和进步的新事物，在人们如愿以偿地享有了它之后，却发现并不像曾经预想的那样各种问题都迎刃而解了，各种烦恼都得以根除了，并没有从此一切皆大欢喜。

有了"自由"，我们依旧在三界五行之中，逃不脱生老病死。"自由"让人更充分地享受生命之乐，但是无助于我们解脱生命之苦。

家家有本难念的经。有了"自由",我们依旧是某个家庭的成员,逃不脱由血缘关系决定的赡养、抚育、扶助的义务和责任,纠缠在清官难断的家务事当中,甚至难免为亲情所羁绊和煎熬。

人无法离群索居。有了"自由",我们依旧是社会的一员,不得不活在人群中,不得不遵从各种各样的规范,不得不陷在人情世故中。

世事不如意者常八九。有了"自由",我们虽然可以按照自己的意愿去追求理想的人生,但是依旧不得不受到个人、家庭和社会诸多条件的制约。

"人有悲欢离合,月有阴晴圆缺,此事古难全。"有了"自由",我们依旧被困在七情六欲之中,被迫经受贪嗔痴、爱别离、求不得种种无奈和痛苦。

有了"自由",我们依旧得早晨起床,出门上班,为生存奋斗打拼,加入为出人头地而展开的竞争中,见证人情冷暖、世态炎凉。

合金木水火土而为五行,合寒暑燥湿风而为五气,合稻黍稷麦菽而为五谷,合青黄赤白黑而为五色,合宫商角徵羽而为五音,合酸苦甘辛咸而为五味。世界由多种要素构成,社会为多种力量塑造,而"自由"只是其中的一种。有了"自由",我们依旧受到生命本能的支配,依旧受到所在社会长期积累、内在蕴含的多种力量的支配。

多种力量的存在,决定了"自由"带给我们的变化是有限的,决定了在享有"自由"后,依旧有各种各样的问题、大大小小的烦恼,继续让我们陷在不自由之中。

这些基于社会生活实际的切身感受,矫正、充实和拓展了人们对自由的理解,消除了对于绝对自由的臆想,强化了对于相对自由的认知。

"自由"是个见仁见智的概念。对这个概念的界定,据说不少于200种。所以有人说"自由是一个变色龙似的词"。在欧洲,"自由"有"解放"的意思,指脱离外力的约束,由自己做主。

"自由"一词,中国古已有之,且在不同的语境中有不同的含义。

《史记》有载:"言贫富自由,无予夺。"这里的"自由",是由自己所致的意思。

《孔雀东南飞》有言:"吾意久怀忿,汝岂得自由。"《后汉纪·灵帝纪中》说:"今方权宦群居,同恶如市,上不自由,政出左右。"这里的"自由",是自作主张的意思。

"自由"也有背离通行的社会规则或应该遵循的指令,我行我素、肆意妄为的意思,如《东周列国志》载宣王斥责臣下"怠弃朕命,行止自由",再如晋武帝司马炎指责有个叫王浚的人"忽弃明制，专擅自由"。这个意义上的"自由"今天还在使用中，比如讲自由散漫、自由放任等。

"自由"更多时候用来表示一种安然自在、怡然自得、悠然自乐、恬然自足的个体内心感受。如杜甫诗云："出门无所待，徒步觉自由。"白居易诗云："行止辄自由，甚觉身潇洒。"这里的"自由"，与我们今天讲自由自在、洒脱自由的"自由"含义相同。

在不同含义的"自由"当中，用以表示个体内心感受的"自由"，因其对中国人思想和生活的影响最深刻最广泛，成为中国思想文化史上的重要命题。这种"自由"被普遍地视为人生在世值得追求、令人向往的理想状态。为着追求这种理想状态，古代中国发展形成了通过加强个人修养、实现内在超越、达到精神自由的心性自由思想。心性自由思想贯穿在儒释道三家之中，渗透在中国传统文化的各个方面。

这种"自由"，与近代从西方引入的"自由"大不相同。

西方人讲的"自由"，是由社会制度、社会规则确立和保障的个人权利。中国人追求的"自由"，是与社会和他人无关、纯粹个体化的自我感受，是个人所感知的存在状态。两种"自由"有着客观与主观的不同。

对"自由"的理解不同，决定了实现"自由"的路径不同。西方人向外争"自由"，通过推动社会改造，完善制度规则以维护个人权利。中国人向内求"自由"，通过加强自身修养，进行自我调整以获得内心安宁。向外争"自由"是革社会的命,向内求"自由"是革自己的命。

西方人讲"不自由,毋宁死"。与西方人采取奋起抗争的方式以捍卫个人的"自由"权利不同,中国人通常采取隐忍的、克己的方式以保有内心的"自由"状态。

老子讲:"罪莫大于可欲,祸莫大于不知足,咎莫憯于欲得。故知足之足,常足矣。"中国人讲的"知足常乐",是克制和降低个人欲求,强不足以为足而达到的一种状态。中国人还讲"退一步海阔天空"。这里的海阔天空对中国人而言可谓"自由",这种"自由"通过退让也即是放弃主张自身权利的方式得以实现。

在中国古人看来,社会的运行受到一种最本质力量的支配,这种力量即"道"或"天命"。人只有通过不断加强内在修养,比如通过"修心""养心""正心""明心""尽心""虚心"等,才能洞悉"道"或"天命"的存在,进而使个人的所作所为、所行所止符合于"道"或"天命"的要求,达到孔子所谓从心所欲而不逾矩,陶渊明所谓"纵浪大化中,不喜亦不惧",那样一种"自由"的状态。至于针对不同的问题如何选择取舍,是抗争还是妥协,是进取还是退让,关键要看怎样做才顺乎"天命",合乎于"道"。

中国古代的"自由"与来自西方的"自由",它们之间显而易见又耐人寻味的差异,体现出一个崇尚集体主义的社会和一个崇尚个人主义的社会在认知方式、思维方式上的区别。

同"民主"一样,"自由"是西方社会引以为傲、强烈标榜的核心价值观。长期以来,欧美发达国家一直自视为"自由世界","自由"伴随西方国家对外扩张传播到世界各地,成为塑造近代以来世界面貌的重要力量。

"自由"被引进中国,发生于中国在中西竞争中遭受失败、开启向西方学习以救亡图存的背景下,目的是打破社会对人的束缚,唤醒激发人的力量、社会大众的力量,通过人的解放、社会大众的解放实现国家、民族的解放。秉持来自西方的"自由"思想,几代中国人持续开展对传统封建礼教、传统封建道德的批判和改造,深刻影响了近代中国社会面貌的塑造。

"自由"在今天仍然是具有广泛影响的世界性话题。它也是当今中国大力倡导的社会主义核心价值观的内容之一。无论是为回应世界性话题,还是为推动培育社会主义核心价值观,都需要我们不断夯实、不断深化关于"自由"的理解和认知。

在这个问题上,正确的态度既不是天真地以西方的"自由"为标准,也不是固守自己的心性自由传统,而是把学习西方注重从制度上、规则上保障公民个人权利的做法和汲取中国传统的心性自由思想的精髓结合起来,从理论和实践上对"自由"这一世界性话题作出中国自身的回答。

在这个过程中,尤其要注意不对中国传统的心性自由思想作简单的否定，而是以同情之理解、理解之同情，真正领悟在一个集体主义根深蒂固的社会中求取自由而不得不如此的苦心孤诣，即所谓非不为也，实不能也。

有人讲，儒家一方面强调"为仁由己"，主张德性自由，另一方面又以五伦八德、三纲五常等要求个体安分守己，暴露了儒家学说内在的自相矛盾。这真的是自相矛盾吗？会不会是看似矛盾而实则不矛盾呢？或者说，这恰好体现了中国人在辩证思维方面的优势，更切实地、更具可行性地揭示了在中国社会最大程度实现自由的现实路径呢？

走出在"平等"问题上的思想误区

今天,平等指人们在社会关系、社会生活中处于同等的地位,具有相同的价值和尊严,享有相同的发展机会,在法律面前同等地享受权利和承担义务。

"平等"一词原非中国本土词汇,而是来自佛教用语。佛教认为一切法、一切众生本无差别,故称平等。近代西学东渐后,"平等"一词才逐步演化出现在的含义。

对西方人来说,一切人平等首先意味着每个人都是独立的。在他们看来,每个人的灵魂只跟上帝发生关系,每个人以自己的行为分别向上帝负责,而不对其他任何人负责;上帝是所有人之间的中介,人与人之间都通过上帝发生关系,即便亲如父母子女,也都要通过上帝发生关系。因为每个人都独立地向上帝负责,人与人之间都通过上帝这个中介间接发生关系,所以人与人相互平等,彼此没有从属关系。

在中国古代，每个人主要不是以自己本身而是以自己的不同身份面对其他人，包括由血缘确定的身份和由社会角色确定的身份，比如你是谁的儿女、谁的父母、谁的老师、谁的学生、谁的领导、谁的下属等等，由此决定了人与人的关系必然有上下尊卑、高低贵贱的区分。但是，这并不是说中国人没有对平等的思索和追求。

用今天所讲的"平等"来审视，中国古代占主流地位的儒家一方面主张每个人都应该被平等地对待，另一方面认为由于每个人条件各不相同，因而应该接受人与人之间差等的存在。

比如，孔子一方面讲"仁者爱人"，主张视人如己。他反对以血统、出生论贵贱，把阶层上的君子小人之分转化为品德上的君子小人之分，施行"有教无类"，主张在人才选拔中给地位低下者以机会。另一方面，在现实政治生活层面，他强调差等，推崇等级秩序观念，讲究君君臣臣父父子子。

比如，孟子一方面讲"圣人与我同类""尧舜与人同耳""人皆可以为尧舜"，另一方面又主张"体有贵贱，有大小。无以小害大，无以贱害贵。养其小者为小人，养其大者为大人""或劳心，或劳力；劳心者治人，劳力者治于人；治于人者食人，治人者食于人；天下之通义也"。

比如，荀子一方面认为"人之所生而有""无待而然"的本性"是禹桀之所同也"，即自然的人是平等的。他反对世袭制，提倡"论德而定次,量能而授官"。另一方面,荀子从人与人之间后天形成的差别出发,主张"贵贱有等,长幼有差,贫富轻重皆有称者也"。

荀子讲:"分均则不偏,势齐则不壹,众齐则不使。有天有地而上下有差,明王始立而处国有制。夫两贵之不能相事,两贱之不能相使,是天数也。势位齐而欲恶同,物不能澹则必争,争则必乱,乱则穷矣。先王恶其乱也,故制礼义以分之,使有贫富贵贱之等,足以相兼临者,是养天下之本也。《书》曰:'维齐非齐。'此之谓也。"在他看来,由于个体条件千差万别,简单地追求"齐",结果可能反而是"不齐",只有实行"非齐"才能最大程度地实现社会的公平正义、合理有序。

社会中多数人在平等问题上的看法与思想家们有所不同。

一方面,人们似乎承认和接受人与人之间是不平等的。比如人们常讲"龙生龙,凤生凤,老鼠生儿打地洞",这是承认和接受先天条件造成的不平等。讲"吃得苦中苦,方为人上人""早起的鸟儿有食吃",这是承认和接受不同的付出所获得的回报的不平等。讲"该是你的跑不脱,不该是你的求不来",这是承认和接受命运不同造成的不平等。

但是另一方面,人们显然对人与人之间的不平等并不甘心,甚至对人与人之间先天的后天的、个人的社会的、能力的付出的、内在的外在的方方面面的差别不以为然,认为同样生而为人，凭什么自己就要低人一等，凭什么别人有的东西自己不能有！这种想法用四川话来讲就是——"凭啥子嘛！"

与此同时，多数人渴望实现的平等，虽然或多或少也包含着人格方面、机会方面、权利方面的诉求，但主要是在物质层面所享、所得、所获、所有的平等，尤其是拥有财富方面的平等。

这种平等观念，在权利与义务的关系上，常常只讲权利而不讲义务；在付出与获取的关系上，常常只看获取而不看付出；在过程与结果的关系上，常常只重结果而不重过程；在自己与他人的关系上，常常只论相互是否利益均等而不论彼此在能力水平、努力程度上的差异。可以说，这是一种抽象了具体条件、忽略了实现过程、消除了人我差别的平均主义平等观。一言以蔽之，就是"不患寡而患不均"，就是"均贫富"。

可能有人会说：这种一厢情愿、乌托邦式的平等观，怕是只有做梦才能实现吧。中国古代有很多著名的梦，比如黄粱美梦、南柯一梦，故事的主人公进入梦境梦想成真，醒来后梦想幻灭。白日做梦，空欢喜一场。社会中多数人的平等观念，也可以称为平等梦。它虽说是梦，但并非白日梦，而是实实在在地塑造着中国社会的面貌。

经过近代以来西方平等思想的洗礼，特别是经过社会主义制度的建立和不断完善、社会主义市场经济体制的建立和不断完善，中国社会彻底破除了人与人之间尊卑贵贱的身份区分，今天的中国人客观上享有了中国有史以来最充分的人格平等、机会平等和权利平等。但社会中一些人在主观上并没有走出长久以来着重从贫富均等的角度理解平等的那样一种认知。面对改革开放后形成的贫富差距问题，这种认知加重了社会心态失衡。

改革开放前，人们之间虽然也存在日子过得稍微宽裕和过得相对拮据的区别，但是总体上差距不大。改革开放后，虽然大家的生活都得到了不小的改善，但是人与人之间的差距拉大了，小部分人把大部分人甩在了后面。曾经生活水平、财富状况大致差不多的街坊、乡邻、同学、同事，各自的生活呈现巨大的差别。对于大多数人，要接受别人比自己过得好不是一件容易的事情，要接受曾经和自己过得差不多的人过得比自己好更不容易。

一段时间以来，关于造成人与人贫富不均的原因，或者讲关于富裕阶层的财富是如何积累起来的，社会上有各种说法，比如认为是胆大妄为所致、钻政策的空子所致、占公家的便宜所致、利用掌握的权力捞好处所致，等等。这些说法有一个共同点，那就是富裕阶层获得的财富都带着"原罪"。持这类说法的人，几乎不提及人与人在思想、观念、眼界、意志、能力、水平上的差距，以及别人为获得成功所付出的种种艰辛。

维护社会的公平正义，必须坚持共同富裕，逐步缩小贫富差距，特别要减少和杜绝以不法手段积累财富和利用权力寻租获取利益。但是，如果任由置个人先天条件、社会条件和努力程度、付出程度于不顾，片面讲求贫富均等的思想泛滥，不仅会对社会的创造力造成极大的破坏，而且很可能酿成严重的社会心态危机，最终摧毁社会的公平正义。要实现社会健康发展，必须在效率和公平之间、在平等和差等之间找到平衡，保持合适的度。

不仅如此，随着社会自由度、包容度不断扩大，随着大众个体意识、参与意识逐步增强，随着网络信息技术的快速普及和资讯的获取日益方便快捷，社会生活中出现了一种非常值得关注的新的平等追求——人们普遍性地越来越看重意见表达权利的平等。这体现了社会的进步，但是也带来了新的问题。

近年来，大凡有公共事件爆发，网络空间众声喧哗、众说纷纭，各种意见争吵不休、相持不下，每每演变成强烈的舆论风暴。

越来越多的人越来越有主见，越来越乐于表达个人的意见，这当然不是问题。任何人对任何事情，不管这些事情是否在自己熟悉的领域内，都有自己的看法，都有话想说，这也不是什么大问题。但是，如果把我有平等表达意见的权利理解为我所表达的意见不容置疑，拒绝接受批评，拒绝作出修正，在任何事情上坚持个人的想法永远正确，那就大错特错了，就是很大的问题了。

不客气地讲，今天我们社会中有一些人正在犯这样的错误，正在丧失自知之明和谦逊品格，在无知者无畏的路上固执地越走越远。

必须看到，从点上看问题还是从面上看问题，从局部看问题还是从全局看问题，这之间有巨大的区别。社会是个庞大而复杂的系统。从某个具体的点上看正确的看法，放到面上来看未必正确；从局部来看正确的看法，摆在全局上看未必正确。而即使无论在点上还是面上、无论在局部还是全局都正确的看法，也还需要考虑当下社会的接受程度，也还需要考虑与大多数社会成员的认识相衔接的问题。以上这种畸形的平等追求与自由问题、民主问题交织一起，如果在情绪的驱使下以极端化、绝对化的方式爆发出来，不仅干扰社会的正常秩序，而且很可能消解社会的互信共识，摧毁社会的思想基础，最终造成灾难性的后果。

这是今天中国社会亟待解决的问题，也是身在其中的每个人需要有所反思、有所自律的问题。

恰如其分地理解文化自信

今天,"文化自信"成为热词。

自信与不自信,原本是描述人在适应社会时的一种自然心境,即尝试用自身有限的经验去把握陌生世界时的心理状态。

倡导自信是人类文化发展的产物,其目的在于调动人性中积极进取的因素,让人获得足够的勇气去面对未知的外部世界。也可以说,自信是人为了克服和打消对未知世界的心理恐惧而作出的自我鼓励。

在中文里,自信即相信自己的意思。

大凡需要坚定自信的东西,必定对人具有十分重要的意义。讲文化自信,首先是讲文化对于一个国家、一个民族的发展具有极端的重要性。

在这一点上,在这个层面上,应该说今天的中国社会已经形成普遍的共识。

需要坚定自信的文化，必定是我们自己的文化，必定脱不出中国文化的范围。但它具体是什么文化呢？不能更进一步回答这个问题，不仅文化自信无法落到实处，文化建设也无从着手。

我们为之自信的文化是中国传统文化吗？

如果答案是"是"，那该如何看待近代以来的中西文化碰撞及由此开启的中国传统社会的现代化转型？难道中国传统文化在那场文化竞争中占据优势并最终胜出了吗？难道我们不是通过被迫向西方学习、师夷之长技才走上现代化的道路吗？难道现代中国是从传统中国自发孕育生长起来的吗？

中国传统文化是伟大的文化。但是再伟大的事物都逃不脱生命的周期。中国在近代中西竞争中遭受败绩，暴露了传统文化固有的缺失和内在的积弊，证明传统文化在总体上已经无法适应新的时代，无法支撑和引领中国走向未来。

中华优秀传统文化是中国人的文化血脉所在。其基本精神、核心价值凝聚着中国人最深沉的精神追求，代表着中国人独特的精神标识。通过创造性转化和创新性发展，将这些基本精神、核心价值发扬光大，是中国文化建设的题中之义。但是，这绝不等于要全盘接受传统文化。

近代以来的中国，社会大激荡，时代大变革，思想大碰撞，波澜壮阔的历史，风云起伏的画卷，英雄辈出的舞台，培植了文化大融合、大发展的土壤。但是，由于变革并不出于人们的主动选择，整个社会处于任由时局逼着走、牵着走的被动状态，由于时代主题在国家民族的救亡图存和实现富强上，相应的解决方案集中在政治和经济领域，由于社会变革的浪潮一波未平一波又起，新旧事物的转换太过于迅速和频繁，让人们应接不暇，由于文化的孕育生长比政治、经济的演变来得缓慢，需要经历更长久的时间，最重要的，由于变革还在持续之中，尚未告一段落，还没有沉淀、冷却、凝固成形，显现其庐山真面目，身在其中的人们还无法得窥其全貌，并把它放在更广大的时空范围内，观察其走向，概括其内涵，发现其本质，揭示其意义，所以，这段历史厚积的巨大能量，还没有在文化上充分地、完全地爆发出来。

中华优秀传统文化不断推陈出新，如今正在蓬勃发展，蒸蒸日上。那么在文化上，我们自信的究竟是什么呢？我们凭什么有这份自信呢？

应该说，我们的自信，并不是因为今天的中国文化已经足够优秀和强大，而是因为我们能够通过创新创造，谱写中国文化新的辉煌。

我们的祖先创造了伟大的文化，留下了巨大的文化宝藏。其基本精神、核心价值塑造了中华民族穷则思变、历久弥新的文化品格，铸就了中华民族百折不挠、生生不息的精神动力。这是文化创新创造永不枯竭的源泉。

进入近现代，面对国破家亡、山河破碎，优秀的中华儿女特别是先进的知识分子在生死浮沉中不放弃希望，在存亡绝续中寻一线生机，终得以挽狂澜于既倒，于变局中开新局，推动中华民族实现了从站起来、富起来到强起来的历史性飞跃。这不仅证明我们的文化具有强大的自我反思、自我批判的能力，学习借鉴、包容吸纳的能力，与时俱进、推陈出新的能力，而且为文化创新创造奠定了基础。

经过几代人艰辛开拓，我们党领导人民已经找到了适合自己国家的建设道路，确立了正确的理论，建立了有效的制度。这些重大问题的解决，不仅证明我们的文化有着充沛、旺盛的活力，而且为文化创新创造提供了保障。

毫无疑问，我们的文化自信有着充分的理由和坚实的基础。

与此同时还要看到，"自信"与"自觉"，虽然只有一字之差，但是涵义有所区别。自信是相信自己够好，相信自己能，相信自己行。而自觉则不仅看到自己的好，而且看到自己的不好；不仅看到自己的好，而且看到别人的好，还能通过向别人学习，补足自己的不好，从而把自己变得更好。没有自觉的自信很容易堕入盲目乐观，只有建立在自觉基础上的自信，才是真正有底气的自信。

在世界相互联系、相互依存程度空前加深，不同文化交流互鉴成为常态的时代条件下,我们不仅应该有自知之明,而且还应该有知人之明,不仅应该有文化自信,而且还应该有文化自觉。

让心态和认知回归平常

1978年开始的改革开放开启了一个新时期。

这个时期,社会发展进步所影响、辐射的地域之广、人群数量之大,值得称道。

党的十八大以来,我们党领导人民面向未来,中华民族伟大复兴的中国梦一定能够实现,中国特色社会主义一定有越来越广阔的前景。但是,社会发展不断向好带给人们的感受,或许不像之前那样强烈了。从小康到富裕可能不像从贫困到温饱到小康那样,让人获得感、满足感、幸福感爆棚。

大海有涨潮落潮,但大海多数时候只呈现平静的海面。在一定时间段内,社会能够充分把握利用的重大发展机遇总是有限的,蓄积的发展动能也总是有限的,不可能取之不尽、用之不竭。社会不可能长时间处在突飞猛进的状态,如同人不可能每时每刻都元气满满。

天时地利人和多种因素共同促成了改革开放的奇迹。而奇迹一定不是常态。中国经济社会发展已经放缓了脚步，也更稳健了。

改革开放的成功，极大地提振了中国社会的信心，很大程度上重新塑造了人们关于外部世界和内在自我的看法。这些看法富有积极意义，但是其中也难免夹杂有把特殊性当成普遍性的认识误区。

今天，关于中国经济进入新常态的判断已经成为共识。但是在个人心态上，在对周遭事物的认知上，在对自我发展的期许上，在对具体问题的处理上，很多人仍处在高速发展的惯性之中，还没有从亢奋状态中平复下来，还不太愿意接受奇迹已经转为常态的现实。期望越高则失望越大。如果不能及时在认识上、期许上、心态上进行调整，那么很可能由心态失衡酿成社会问题。

从低海拔、高气压的平原地区，到高海拔、低气压的高原地区，不少人会因为缺氧产生头疼、失眠、疲倦、呼吸困难等症状，需要适应一段时间才缓解得过来。而习惯了高海拔、低气压环境的人，来到低海拔、高气压的环境中，不少人会因为醉氧产生胸闷、恶心、眩晕、迷盹等症状，也需要适应一段时间才缓解得过来。听说从成都调到西藏工作的干部，在西藏工作退休后，回成都定居前，有些人要先在比西藏海拔低、比成都海拔高的昆明等地过渡居住一段时间。

人在不同的社会环境中的反应，与在不同的自然环境中的反应，颇有对照比较之处。社会从相对静止状态进入到激烈变革的状态，身处其中的人们如同从平原到高原。而社会从激烈变革的状态回归到相对平稳的状态，身处其中的人如同从高原返回平原。人需要不断地随着环境的改变做出自我调整。

美好的时刻值得永远纪念和反复回味。生逢其时何其幸运！但是，我们不能把只有在那种情况下才有的心理感受当成任何时候理所当然应有的常态。

我们甚至不能相信所有的问题都能通过改革得到解决。必须看到，在某些情况下解决某些问题，不改革只有死路一条。但是，在多数情况下解决多数问题，只能靠做，只能靠坚持不懈地做，实实在在地做，日积月累地做，除了做别无他途。在本该做足功夫的问题上，动辄用改代替做，是一种偷懒，实质是逃避做艰苦细致的工作。改革不是解决一切问题的灵丹妙药。

"张而不弛，文武弗能也；弛而不张，文武弗为也；一张一弛，文武之道也。"日新月异的高速发展，带给人强烈的震撼和快感，而震撼大多令人恍惚，快感一定难以持久。现在，我们需要安下心来，定下神来，重新审视外部世界和内在自我，从特殊性回到普遍性，调整心态，回归日常，在行稳致远的路上安顿好自己。只有这样，面朝未来才能依旧感受到春暖花开。

后记

在《亲爱的丫头2：愿你在这世间安然行走》的"后记"中，我曾感慨："女儿过8岁生日的情景恍如昨日，没承想下个月她就满16岁了。到这个年龄，自己的事、身边的事、家里家外的事，应该都能记住了，不用旁人帮着记了。我的记录工作或者可以告一段落了。"

从那个时候开始，我萌发了新的愿望，给自己设定了一个新的任务——争取在恰当的时候，根据我自己的理解，用我自己的方式，给已经打定主意要学文科的女儿讲一堂中国文化课。

为备好课，2019年春节后，我尝试相对集中地围绕着"文化""中国人""中国文化"几个词做些思考。进入3月，我着手记录学习心得体会。就这样随想随记，到当年11月，已经密密麻麻写了几个笔记本。

2020年春节后，我转入电脑录入，对记在本子上的学习心得体会，主要从以下几个方面进行加工。一是在合并同类项基础上，筛选出自认为值得讨论的想法，确定为若干小题目。二是分别针对这些小题目深化思考，像完成命题作文一样，从内容上进行充实和扩展。三是尝试找出这些小题目之间的相互关联，把它们连缀起来，一并放在更大的题目之下。四是琢磨内容如何摆布，章节如何安排。这些工作到2022年8月底大致告一段落。

2022年9月，我对稿子进行修改调整，拉出初稿。

对于稿子该如何使用，是否可以推进出版，我心里其实没有数。10月1日，国庆假期第一天，我把稿子发给曾任天地出版社副社长、现身在日本东京的张万文兄，请他帮我把把关。11月27日，万文回复说：当前社会上有很多"迷思"，包括我自己也有很多困惑。这个稿子用"实事求是"的笔触把这些问题一一做了厘清。其中对于民主、自由、平等这些概念的理解对我个人有很多启发。联系中国人的性格和中国文化的特点对相关的问题做这样的讨论非常有意义，对处于价值观形成的关键时期的大学生而言，实在太有价值了。稿子可以推进出版。万文的意见促使我下决心把稿子拿出来和更多的人交流分享。

最近几年，围绕相关的问题进行学习思考，占用了我工作之余的大部分时间。我年轻时写东西，也能够下笔千言、一气呵成。到现在这个年纪，我想得越来越久，下笔越来越慢，有时候搜肠刮肚、绞尽脑汁枯坐一天，写不出几行字。这个事能够坚持做下来，首先与我个人的好奇心密切相关。面对和思考这些问题，尝试着窥见它们背后的"真相",总是能勾起我的兴趣。其次责任感也在驱动着我。有句话怎么说的呢,好像是别人教会你的道理,你有责任告知后来的人。因此我必须说:好奇心、责任感真是非常神奇的东西!

2020年1月20日,我的岳父大人,也是我的高中历史老师,永远离开了我们。送别的灵堂里挂着老人家早就为自己写好的挽联:"快乐在人间,高兴上天堂。"

2020年11月20日,我亲爱的母亲在与中风导致的半身不遂抗争9年后,也永远离开了我们。母亲走的时候,我不在身边。母亲走后,亲力亲为照顾了母亲9年的父亲写了记述母亲生平的《致哀》诗。在按照老家风俗与母亲作最后告别时,父亲读了这首诗。其中写道:"勤俭持门户,清贫善安生。育儿心更细,教子扬美德。""宁静清风,朴实无华。离世永别,音容宛生。"母亲走后这两年多,虽然从不曾托梦给我,但她从小对我的教养无时无刻不温暖着我。

世事无常,个体生命如白驹过隙。所幸有文化伴随族群的繁衍,润泽人心、庇佑众生、薪火相传、生生不息。

2022年12月